小学館文庫

十津川警部

高山本線の秘密

西村京太郎

JN020099

小学館

十津川警部　高山本線の秘密

目次

第一章

消えた集落

1

夏川《なつかわ》えりは、現在三十七歳。女性カメラマンである。三十歳の時に、結婚したが、相手と気が合わず、一年で離婚している。

その後、趣味のカメラを生かしてカメラマンになる決心をした。

改めて、カメラマンの養成学校に入り、三十五歳で新人のカメラマンとして、活躍するようになった。

といっても、一人前のカメラマンとして、夏川えりという名前が売れたわけではない。仕事は、ぽつぽつあるのだが、自分の思いどおりに現代をとらえる写真家として生きていきたいと思っている。

そこで、金を貯《た》めては、沖縄に一か月住んで、風物を撮りまくったり、「日本の若者たち」をテーマに、これも、一か月にわたって撮りまくって、それを写真集にしたりした。

今回も、夏川えりは、一か月かけて、岐阜県高山の町と、高山から車で一時間足らずで行くことのできる白川郷《しらかわごう》、さらにその奥にあるR村の写真を撮るために、東京の三鷹《みたか》にある自宅マンションを出た。

　夏川家は元々、岐阜県高山市の旧家である。母の代まで、高山で生活していたが、娘のえりが二十五歳の時に、両親が相次いで他界したので、それをしおに、東京に移り住むことにしたのである。

　夏川家の旧家屋を訪ねたり、夏川家の歴史も調べてみようと、思い立っての高山行きであり、白川郷行きであり、さらにその奥にある、R村の取材でもあった。

　カメラバッグを背負い、プロ用のカメラ二台を持って、えりは六月十日に東京を出発した。新幹線で名古屋に出て、名古屋から高山本線直通の特急ワイドビューひだ十一号で、まず高山に向かった。二十五歳の時に上京したのだが、その時も、高山本線を使った。十数年ぶりだが、相変わらず高山本線は、非電化で、単線である。何故《なぜ》か、そうした高山本線が、えりには頑固そのものに見えて仕方がない。

　列車に乗ると、以前もそうだったが、今日も車内は、かなり混んでいた。

　それも、若者の姿が多い。それだけ、高山本線が若者に愛されているということだろう。

　何しろ、高山の町自体が、若者に人気があるといわれている。さらにその先、終点の富山も、北陸新幹線の開通で、脚光を浴びているし、その途中には、おわら風の盆で有名な越中八尾《えっちゅうやつお》駅がある。また高山からは、バスで世界遺産の白川郷に行くこともできる。だからこその、若者からの人気に違いない。

今回の旅行でえりは、祖母の夏川勝子《かつこ》のことを、調べたいとも、思っていた。勝子が残した日記を読んで興味がわいたからだ。

祖母の夏川勝子は、戦前に生まれ、戦争中は、自ら志願して、従軍看護婦となった。看護婦として、満州に渡ったらしいのだが、一時休暇を取って、昭和十九年に、高山に帰った。日本が敗北する一年前である。高山に滞在できたのはわずか三日間であったのに、チョウの採集が趣味の祖母は、その三日間、白川郷のさらに奥にあるR村で、チョウの採集に費やし、再び、戦地に赴くことにしていた。

えりは祖母の夏川勝子と、実際に一緒に生活したことはなかった。理由は、祖母がチョウの採集に、R村に出かけたまま、行方を絶ってしまったからである。

しかし、昭和十九年という時期が悪かった。日本の敗色が濃くなった頃に、呑気《のんき》に、チョウの採集のあげくに行方不明では、警察も、身を入れて探してはくれなかった。そのうちに、終戦になり、祖母の行方は分からないままになってしまった。

祖母は、看護婦として、満州でも、戦場でも、日記をつけていた。

この日記は、夏川家に残されていて、えりは、両親が亡くなった後、その三冊の日記だけを貰《もら》い、上京したのだ。

えりは、祖母に会ったことはないが、上京後、祖母の日記を繰り返し読んでいる間に好きになっていった。

一番気に入ったのは、当時の女性にしては、自由闊達《かったつ》で、軍人に対しても、遠慮なく文句をいっていることだった。

久しぶりに見る高山の町は、えりには、ほとんど、変わっていないように見えた。えりは京都にも、何回か訪ねて、写真を撮っているのだが、その京都より、高山という町は変わらないように見える。それだけ、町自体の動きが、ゆっくりとしているということかもしれない。

えりはまず、上一之町《かみいちのまち》の奥にある、夏川家の旧家屋を、見に行った。

堂々とした珍しい木造三階建ての家屋である。この広大な家に、代々、夏川家の人々は住んできたのだが、両親が相次いで病死すると、本来なら、えりがその跡を、継がなければならないのだが、束縛されるのが嫌いなえりは、さっさと旧家屋を高山市に寄贈して、自分は上京してしまったのである。

現在、その家屋は高山市の文化財になっていて、入場料七百円で、木造三階建ての屋内を見学できるようになっていた。一階にある土間がカフェになっていて、そこで休憩し、コーヒーやお茶を飲むことが、できるようになっていた。えりは家屋の中を今更見て回る気になれず、一階のカフェで、休憩することにした。コーヒーを飲んでいると、いきなり、

「えりさんでしょ。夏川えりさんでしょ」

と、声をかけられた。高校時代の同窓生の平松雪乃《ひらまつゆきの》だった。同じ三十七歳でも、雪乃の方は、結婚し、すでに子供もいると聞いていた。

雪乃は、同じテーブルに着くと、紅茶を注文してから、

「久しぶりね。同窓会にも、あなたが来ないので、みんな、心配しているわよ」

「同窓会は、行きたいと思ってるんだけど、色々とあって」

と、えりが、いった。雪乃はテーブルの上に置いたえりのカメラに目をやって、

「カメラマン、してるんですってね」

「ええ」

と、頷《うなず》いてから、

「売れない、新人のカメラマン」

「それじゃあ、今回は、写真を撮りに高山へ来たわけ？」

「高山を、撮ったり、白川郷に行くつもりなんだけど、一番行きたいのは、もっと奥

にあるR村なの」

　とえりは、いった。

「どうしてR村なんかに？」

　と、雪乃が呆《あき》れたようにいう。

「消滅する集落の代表みたいだったけど、何年か前、最後の一軒が引っ越して、とうとう無人になったわ」

「じゃあ、R村は、今、どうなっているの？」

「国有地になっていて、立入禁止の札が立ってるわ」

「どうして、国が買い取ったのかしら？　あんな山奥の村を買い取ったって、しょうがないと、思うけど」

「私が聞いたところでは、これから、日本中で消滅する集落が増えていく。そのまま放置するわけにはいかないので国が安く買い上げて、利用方法を考える。R村が、その第一号なんですって。あなたは、どうしてR村へ？」

「R村に、チョウを採りに行った祖母が行方不明になってしまったままなの。戦時中のことなんだけど――」

「覚えてる。もちろん、私も、祖父に聞いたんだけどね。戦時中のことだから、警察も真剣に探してくれなかったと聞いたことがある」

「私は、祖母のことに興味がわいたので、今からでも、R村を探してみようと思ったんだけど、国が買い取ったんじゃ勝手に調べるわけにもいかないわね」

「あなたの祖母の夏川勝子さんだけど、確かチョウの標本を作っていたわね」

「ええ。今回、私も、R村へ行ったら、チョウを採集して、標本を作るつもり」

と、えりは微笑した。

「夏川家は、今でも、高山じゃ有名な旧家だから、いろいろ注目されるわよ」

「そうかな」

「そうよ。高山自体古い町だし、今はそれを売りにしてるしね。夏川勝子さんも、この町ではかなりの有名人だったそうよ。ご主人が出征して、残されたのが勝子さんと、その頃、六か月になったばかりの赤ちゃんだけで、働き手がなかったらしいわ。

それでも、勝子さんは、その六か月の赤ちゃん、つまり、あなたのお母さんを、親戚に預けて、看護婦資格をとり、満州で、看護婦の仕事をしていたらしいんだけど、本土決戦が叫ばれだしてから一時休暇を与えられて、家族に最後の別れをいいに、三日間だけ戦地から高山に帰ってきたそうよ。

その時は、高山の市長さんがわざわざ出迎えて、さすがは夏川家の女性だ。ご主人が出征して、ひとりになると、看護婦の勉強をして、ご主人の戦う、中国大陸にも出かけていき、出征兵士の妻として、また、夏川家という旧家の女性として誠に立派なものだと、褒《ほ》めあげたらしいわ。そうしたら、夏川勝子さんが、

『それだけいうんなら、もっと国が私たちの面倒を見てください』

と、くってかかったらしいわ。

高山の男たちは、出征兵士の妻のくせに、なんてことをいうんだ、といって怒ったというんだけど、女たちは彼女のいい分はもっともだ、といって拍手したらしい」

「私も、それらしい話を、聞いたことがあるんだけど、詳しいことはわからなかったの。もっと何か知ってる？」

「今の話の続きなんだけど、そのあと、高山市長と口論になったそうよ。高山市長が、さすがは出征兵士の妻だと褒めたのに対して、たった一人の働き手を、召集しておいて、残ったのは、私と子供だけ。それなのに、国は一銭の援助もしてくれない。

三菱や三井のような、大会社の社員だったら、その社員が、召集されたら、家族には給料とほとんど同じ額の留守宅手当を払ってくれている。それなのに、うちには、何の援助もない。

それで私は、自分が働かなければ、夏川家は潰れてしまうと思って、看護婦の勉強

をして、戦地に出かけ、給料を貰って、それで夏川という旧家をなんとか保っているって、いったというのよ。市長さんは困ってしまって、

『それでも、中国戦線にも行かれて、お国のために尽くされたんだから、立派なものだ』

と、さらに褒めると、それに対しても夏川勝子さんは、手厳しいことをいったらしいわ。

看護婦として最初に満州に行った時、近くに慰安所があったらしいわ。たまたま慰安所の近くを通ったら、女性のけたたましい笑い声が聞こえた。腹が立って仕方がない、といったらしい」

「どうして、そんなこと、いったのかしら」

「今の時代だと、別にどうということはないんだけど、何しろ戦時中だから、皇軍を貶《おとし》めたとしてずいぶん批判されたらしい」

「祖母の言葉の詳しいこと、もっと聞かせてほしいわ」

「『夫婦の、夫の方が、召集されて戦地に行くと、そこには慰安所があって、夫たちは、その女たちを抱いて喜んでいる。帝国陸軍では、兵士たちが立派に戦う一方、性の処理に女性が必要だ。だから慰安所を置いて、そこに慰安婦がいて兵士の性の悩み

を解決してくれる。そうしないと、兵士たちは、力が出ないんですか？　じゃあ、妻の方はどうなるんですか？

夫婦の片方が召集されて、夜、寝る時に寂しい思いをするのは、夫だけじゃない。妻だって、寂しいし、悶々《もんもん》とする。それなのに、日本軍では、夫の方にはわざわざ若い慰安婦をあてがって、満足させているのに、同じ寂しさを持つ妻の方は、ひたすら家を守れといわれ、少しでも男の影ができると、出征兵士の妻として恥を知れと怒る。理屈に合わないじゃないですか。妻に我慢しろというならば、夫にだって我慢するようにいって、慰安所を設けたり、慰安婦をあてがったりしないでほしい』

満州で、夏川勝子さんが、そんなことを師団長にいったらしいのよ。最後の休暇を与えられて、帰ってきた時にも、市長に対して、同じことをいったのよ。今の私たちから見れば、夏川勝子さんの言い分は、当たり前だし、痛快だけど、戦争中は出征兵士を侮辱するものだ、非国民だと、猛烈に非難されたらしいわ。

そのあと彼女はチョウを採りに行って、行方不明になってしまったんだけど『バチが当たったんだ』とか『死ぬのが怖くて逃げたんだ』とか、男たちはひどいことをいってたらしいわ。

今までの話は、あの頃、私のお祖父《じい》さんが、市役所で働いていたから、その受け売りだけど」

と雪乃はいった。

「とても面白いわ」

戦争中、女はひたすら我慢せよといわれた。その時代に男たちを批判した女性がいたことがえりには面白かった。しかも自分の祖母なのだ。しかし、そのことと、祖母の夏川勝子が行方不明になってしまったことと、何か、関係があるのだろうか、とえりは考え込んでしまった。

一夜明けて、えりは、市役所へ行き、市長に会いたいと受付でいった。

受付係は、市長に相談してから、

「三十分くらいならば、構わないそうです」

と、いって、市長室に、案内してくれた。現在の市長は、もちろん、戦後生まれで、わざわざ三十分でも会ってくれたのは、夏川家が、高山の旧家だからだろう。

市長室に、歴代の市長の写真が、飾ってあった。その中には、もちろん、戦時中の市長の顔もあった。三浦《みうら》という名前になっていた。

「歴代の市長さんは、皆さん、ご立派ですね」

とまず、えりはお世辞をいった。

「その通りです」

と、現在の市長がニッコリして、

「戦時中も、市長としての役目に励まれた方ばかりですし、私も、飛騨《ひだ》の高山、観光都市高山の市長としてこの町を立派にしていかなければならないと、日夜、精進していますよ」

「昭和十九年当時の市長さんというのは、三浦さんとおっしゃるんですね」

えりは、写真を見ながらいった。

「その通りです。三浦市長です。中央官庁の出身で、勅任官で官僚としても優秀な人間だったようです。退職して、その後、高山市長になられたんですね。立派な業績を挙げておられます」

「実は、夏川勝子という者が戦争中に、看護婦として満州や中国に働きに行き、昭和十九年に、一時休暇を貰って高山に帰ってきました。その時に、三浦市長とお会いしたそうです。私としては、その時に、夏川勝子と三浦市長さんが、どんな話をしたのか、それを知りたいんですが、何か記録したものでもありませんか」

えりがいうと、市長は、

「ちょっと待ってくださいよ」

と、さえぎって、

「夏川勝子さんは、看護婦として、満州・中国で働いたあと、一時休暇を与えられて日本に帰ってこられて、その後、突然、行方不明になった方じゃありませんか」

「ええ、私の祖母です。祖母のことをいろいろ知りたいんですけど」

と、えりがいった。

「何しろ、戦後七十一年ですからね。当然のことながら、夏川勝子さんが行方不明になった頃、市役所で働いていた人たちはみな退職していますからね」

と、市長が、いった。

「何か、当時のことを書いた資料があるかもしれませんから、探してきましょう」

そのあとえりは、十二、三分ほど待たされてしまった。

市長が、戻ってきて、

「こんなものがありました」

といって、古い記録を見せてくれた。

毎年、市としての一年間の業績や、市役所を訪ねてきた有名人の話などをまとめて載せている、いわば、高山市の年報のようなものだった。

「この中に、昭和十九年のことを書いた、資料が入っています」

そういって、市長が開けてくれた。

「ここを読むと、昭和十九年十月十六日、旧家の夏川家の、夏川勝子さんが戦地から一時的に帰られてわざわざ市役所に報告に来られた。その時に、三浦市長が市長室に招待して、色々と戦争について意見を交わされた。と書いてあって、どんな話をしたか、正確に記入されています」

現在の市長は、ことさら、「正確に」という言葉を強調した。

「ご覧のように、記入されています。『夏川勝子さんが、一時帰国した時、市役所に来られて、市長と会食』とちゃんと書かれています」

そこには、二人の会話が、そのまま記録されていた。

ミウラ『わざわざおいで願って恐縮です。それにしても、中国戦線で医療に従事され、わずかの休暇のあと再び中国戦線に行かれるんですね。ご苦労さまです』

ナツカワ『いえ、従軍看護婦ですから、戦線に行くのは当然です。別に辛《つら》いことでも何でもないと、思っています』

ミウラ『確かご主人も、すでに召集されて、中国戦線で、戦っておられると聞きました。奥さんまでがその戦線に行かれる。夏川家というのは、歴史ある旧家ですが、夏川家が、光り輝いて見えますよ』
ナツカワ『ありがとうございます。今、中国戦線でも大変ですが、日本本土の方も、B29の爆撃が始まったりして、大変ですね。市長さんも大変でしょうが、頑張ってください』
ミウラ『もちろん、頑張ります。私にできることがあれば、遠慮なくいってください。わずか、三日間の、休暇しかないんですから、どんなことでも、ご協力しますよ。それで、三日間、どう過ごすつもりですか』
ナツカワ『小学生の頃、昆虫の採集が好きで、特にチョウの標本などを作っておりました。それで、もう一度、チョウの採集をしたい。できれば、白川郷の、さらに奥にあるR村が、珍しいチョウの一大宝庫といわれているので、今回は、そこに必ず行ってみたいと思っています』
ミウラ『そうですか。もし、標本が幾つかできましたら、その一つを、是非、当高山市に寄贈していただきたい。お願いします』
ナツカワ『そうですね、なるべく多くのチョウを採集して、標本を作りたいと思っています。できたら、市役所に標本のひとつを貰っていただきたいと、思っています』

ミウラ『それから、ひとつ注意させていただきますが、R村の奥に、メタンガスを噴出する箇所があるので注意してください。R村がどうやら白山《はくさん》のある火山帯の上にのっているんだそうです』

ナツカワ『その話は、聞いたことがあります。火山帯の上にのっかっているんだから、うちの庭だって、垂直に掘っていけば、温泉が出ると、祖母がいっていたらしいのです』

ミウラ『それでは、中国戦線に戻られたらご活躍をお祈りします』

この会話は、現代のようにテープか、ボイスレコーダーに、保存されているわけではなかった。全《すべ》て、活字にして、保存されているのだから間違いの部分があるかもしれないし、意図的に変えて、資料として残していたかもしれないのである。

読めば、読むほど、意味のない、儀礼的なあいさつだと、えりは思った。

えりが、日記で知っている祖母の勝子は、もっとずけずけと本音を口にする人なのだ。誰に聞いても、「勝子さんには、かなわなかった」と、いっている。

その祖母の言葉とは、とても思えないのだ。とすれば、この二人の会話は、作られたシナリオと見るより仕方がないのだが、そのことで、いったい、何を隠そうとしたのだろうか？

「ここで、当時の三浦市長と、夏川勝子さんとの対談は終わっています。お二人は当時戦争中なのに、悠々と、話を進められている。やはり、昔の方は、度胸が、すわっていると、感心しますね」

と、現市長がいった。えりは、笑いをかみ殺した。

おそらく、友人の雪乃が話したことが本当で、今、現市長が話したことは、嘘《うそ》に決まっていると思った。たぶん、本当の話は、町の資料に載せることが憚《はばか》られるので、省いてしまったのだろう。

最後に市長が、いった。

「三浦市長は立派な方でしたよ。中央の勅任官をされていたから、亡くなられた時も、政府からお使いが、来たそうです。私なんかも三浦市長の精神にあやかろうと思って、一生懸命働いているんですが、とても及びません」

えりは、苦笑した。こちらは、祖母勝子のことをきいているのに向こうは、最後は、当時の市長が立派だったということで、しめくくっている。その言葉の奥に祖母の行方不明が隠されたような気がしてきた。

2

翌日、えりは、高山から出ているバスに乗って白川郷に向かった。

白川郷も、世界遺産になってから、多くの観光客が来るようになった。今日も、バスはほとんど満員だった。

しかし、今のえりが本当に行きたいのは、白川郷ではなくて、その奥にある、山あいの盆地のR村で、当時、勝子が残したメモによれば、戸数五十足らず人口百人足らずのひっそりした集落である。その村に、勝子は、貴重な休暇を潰して、チョウを採りに行っている。なぜ、チョウの採集なのか、えりも、その理由が、知りたくて、さらにタクシーに乗りかえてR村に行きたいというと、中年の運転手は、「行ってもいいですが、誰もいませんよ。何年か前に、最後に残っていた家族が村を出ていってしまったので、今は誰もいない廃村になっていますよ」

と、いう。えりには、それが、どんな状態なのか見当もつかなくて、

「とにかく、R村まで行ってください」

と、頼んだ。白川郷から乗ったタクシーは、どんどん山あいに、入っていく。

一時間あまり揺られたあと、突然、小さな盆地が目の前に開けてきた。そこがR村と呼ばれた集落だった。

村の入り口に、道祖神が三体立っていた。確かに集落の跡は見えたが人の暮らしそのものは、消えてしまっていた。

全《まった》く音が聞こえてこない。村の中を流れる、川の音は、聞こえるのだが、人がたてる音が聞こえてこないのだ。川にかかる橋の手前で、えりは、タクシーを降りた。

運転手に、しばらく待ってくれるように頼むと、

「それは困る」

「どうして？」

「待ってる間に、他で、稼ぎたいんですよ。今タクシー業界は大変で」

「もちろん、待っている間の料金は、払いますよ」

「とにかく、村の見学がすんだら、私のケータイに電話してください。すぐ来ますから」

と、いって、運転手は、ケータイの番号を教えて、さっさと帰ってしまった。どうやら、このR村には、いたくないらしい。

仕方がないので、えりは、立入禁止の札などおかまいなしに、ひとりで、村の中を、

歩いてみることにした。

確かに、人が住んでいた形跡はある。しかし、ほとんどの家は、屋根が傾き、壁が落ちてしまっている。ただ、祖母が熱心に集めようとしていたチョウが、さかんに飛んでいるのだけは目に入った。

人間は消えてしまったが、チョウは七十一年前と同じように、ここに集まっているらしい。

七十一年前に、祖母の夏川勝子がそうしたように、R村に行ったら、チョウを捕ろうと思って、高山市内で虫捕りの網と、捕ったチョウを入れておく虫かごを買い、今日は、それを持ってきたのである。

チョウが、周辺で乱舞していた。しかし、えりは、捕る気を失っていた。

どの家も、木造萱《かや》ぶき、塀は土を固めて、造られたものだ。屋根の萱は、朽ちて落下し、壁は崩れている。家というものは、朽ち果てるものだと、えりは実感した。ここには、どんな人たちが住んでいたのだろうか。

祖母の勝子が、チョウを追ってここに来た時には、何人の村人が、いたのだろうか。戦争のさなか、呑気にチョウを捕りに来た勝子に対して、村人たちは、どんな態度を、とったのだろうか。

歓迎したのだろうか、それとも、この非常時に呑気なものだと、村人は勝子を非難したのだろうか？

そんなことを考えながら歩いているうちに、えりは、突然奇妙な思いに襲われた。

立ち止まって、目の前の家を見つめた。

見たとおりの朽ち果てた廃屋である。

（どうして、倒れないんだろう？）

と、えりは、思ったのだ。

屋根の萱は朽ちて、ずり落ちている。土塀も崩れている。しかし、目の前の家は、柱が腐りも汚れもせず、立っているのだ。

他の家も同じだった。

朽ち果てているのに、頑として、立ち続けているのだ。

えりは、覚悟を決めて、廃屋の中に、入っていった。

何かの匂い。頭上からバラバラと、萱や竹が落ちてくる。

それを、両手で払っていくうちに、指先が冷たく固いものに触れた。

えりは、大きく、目を見開いた。そこにあったのは、コンクリートの壁だった。

その壁には鋼鉄製のドアがついていたが押しても引いても、びくともしなかった。

よく見れば、そのドアはセメントを使って壁と接着されてしまっているのだ。

えりは、他の家屋も調べてみたが同じだった。朽ちた萱ぶきの家。その奥にはコンクリートの別の家屋が造られているのだ。

えりは理解した。

R村――ここには、二つの村があった。萱ぶきの古い村と、鋼鉄とコンクリートで造られた朽ちない村の二つである。

その一軒ずつは、つながっていた。R村の人たちは、二重の家屋に住んでいたことになる。

その境には、鋼鉄のドアがあって、そのドアにはナンバーがついていた。

誰がいつ、こんな奇妙な村を、何のために、造ったのだろうか？

（祖母の勝子は、このことを知っていたのだろうか？）

えりは、考え込んだ。真相を知りたいのだが、どこできけばいいのか？

高山市にきけばいいのか？

しかし、市では、処理できない大きな問題かもしれない。

R村は、岐阜県にある。とすれば、岐阜県庁にきいた方がいいだろう。

えりはケータイで、さっきの運転手を呼び岐阜県庁に行ってくれるように頼んだ。

岐阜県庁では、広報課の職員が、応待した。若い女性だった。

真田《さなだ》さおりという名刺を貰った。

「R村のことを、おききしたいんですけど」

と、えりが切り出すと、真田さおりは、

「何年か前に、最後の村民が、引っ越して、現在、住人はゼロです。残念ながら、廃村ということになりました」

と、いう。

「戦時中のR村がどんなだったのか、知りたいんです。その時のR村について、よく、ご存じの人がいたら、紹介していただけませんか？」

と、えりがいうと、真田さおりは、一人の老人を紹介してくれた。

現在八十七歳。戦後すぐ、岐阜県庁に勤めた人だという。

名前は、木下芳郎《きのしたよしろう》で、昭和二十五年に、県庁に入ったというから、わずかだが、日本が占領軍の統治下にあった時代も知っているという。

「R村について、おききしたいんです」

と、えりが自分の名刺を差し出すと、木下は、その名刺を見ながら、

「あの村には、もう誰も住んでいませんよ。そんな廃村に、何の用があるんです?」

と、冷たい態度を示したが急に、

「この名刺には、夏川とありますが、ひょっとして、夏川勝子さんと関係のある方ですか?」

「孫ですけど——」

「そうですか。あの方のお孫さんが」

と、急にニッコリした。

「祖母をご存じなんですか?」

「いや。私の兄が戦時中、県庁に勤めていましてね。確か、昭和十九年に、夏川勝子さんが、県庁に訪ねてきて、兄が応待したんです」

「祖母は、何をしに、岐阜県庁に行ったんですか?」

「兄の話では、高山市役所でR村のことをきいたが、はっきりしないので県庁を訪ねてみえたということでした。その日、兄はうちへ案内してきて、食事をし、お泊めしています。その時、私は中学生で、遠くから見ていましたよ。旧家の奥さんなのに、元気のいい方で、きれいな方でした」

「祖母は、R村の何をききに県庁に行ったんでしょう?」

と、えりはきいた。

「その件は、できれば、R村へご一緒してから向こうで話したいんですが」

と、木下はいった。

それには、えりも賛成だった。

翌日、高山のホテルに、木下が、車で迎えに来てくれた。

九十歳近くなっても、運転の腕は、しっかりしていた。

R村に着くと、えりは、すぐ、この村の家々の不思議な造りについて、木下に質問した。

実際に、廃屋の中にもぐり込み、コンクリートの壁や、鋼鉄製のドアを示しての質問に、木下は、小さく溜息《ためいき》をついて、

「さすがに、夏川勝子さんのお孫さんだ」

と、いう。

「祖母も、気がついていたんですか？」

「あの人は、チョウを追って、戦争中に、このR村に入ってきたんだけど、すぐ、奇妙な村の構造に気がついて、岐阜県庁にききに来たんですよ。私の兄がその応待に当たったわけです」

「その頃から、この村は、木造家屋に隣接してコンクリートの建物という二重構造になっていたんですか？」

「そうみたいです。その後、兄が病死して、私は、ひとりで、今、あなたがいった問題を調べました。この村の二重構造は、太平洋戦争の末期に造られ始めたようです」

「どこが、始めたんですか？」

「それが、はっきりしないんです。第一、この村のことをいくら調べても、村が二重構造になっていることは、全く、村の歴史に出てこないんです」

「でも、村の人たちは、当然知っていたわけでしょう？」

「私も、そう思って、戦後、村人に話を聞こうとしたんですが、なぜか、村人は、次々と亡くなっていくんです。病死です。そのうちに、私と話をすると、病死するという噂《うわさ》が流れましてね。私に協力してくれる人が、いなくなってしまったんです」

「何年か前に、最後の一軒が引っ越したと聞きましたが、その人には、きかなかったんですか？」

「それは、駄目です」

「駄目って、どうして？」

「七十代の夫婦ですがね。二人とも、完全な認知症で、引っ越しというより、東京の専門病院に入院したんです」

と、木下はいった。

「じゃあ、何も分からないんですか？」

「分かりません。まず、資料が残っていないんです。このR村について書かれた資料はゼロなんです」

「でも、五十戸足らずの家に、一軒ずつ、鉄筋コンクリートの家を取りつけたわけでしょう。大変な資金が必要だと思うんですけど。資料がないのも、おかしいんじゃありません？」

「本当に、資料はゼロです。しかし、誰が造ったかは想像できますよ」

「誰です？」

「戦時中、自由に大金が使えて、その上、秘密が守れるのは、軍ですよ。多分、旧日本陸軍ですよ。当時、陸軍の機密費が、今のお金で、何千億円といわれていました。自由に使えて、使途を、明らかにしなくてもいいお金ですから、日本陸軍なら、この村の改造は、簡単にできたはずです」

「でも、陸軍が、何のために？」

「ずいぶん前ですが、省になる前の当時の防衛庁に行って、旧日本陸軍の歴史を調べたんです。ところが、いくら調べても、R村の名前は出てこないんですよ」

と、木下が、いった。

「陸軍の機密費は、何に、いくら、使ったか、発表する必要は、ないんですものね」

「そうです。だから、岐阜県庁にも、分かる人はいないんですよ」

「でも、木下さんは、いろいろと、調べられたんでしょう？」

「悪戦苦闘でした。何しろ、資料がないんですから」

「何か分かったことがありましたか？」

「なぜ、日本陸軍がR村に目をつけたか、考えてみたことがありました。何をするにしても、ずいぶん、辺鄙《へんぴ》な所ですからね」

「それで、何か分かりました？」

「地図で見ると、ずいぶん奥の村みたいに思えます。高山の奥、白川郷の奥という感じで。しかし、逆に考えると、高山や白川郷より、日本海に近いんですよ。もう一つ、日本海に近いということは、当時、日本の兵站《へいたん》といわれた満州にも近いんです」

と、木下は、いった。

「私には、満州というのがよく分からないんですけど、それは、大事なことなんですか？」

「日本という国は、全ての資源が不足していました。特に、戦争に必要な資源がないんです。そこで、日本陸軍が満州国を作りました。満州国は、石油は出ませんでしたが、石炭、鉄などの資源は豊富でした。それを、満州から日本へ運ぶのに、朝鮮半島から対馬《つしま》海峡を経由してもいいんですが、朝鮮最北部の羅津《らしん》港などから船で、日本海を渡り、北陸の港に運ぶことも多かったんです」

「そういえば、祖母は、従軍看護婦でしたが最初、満州へ行き、そのあと、中国戦線に向かったと聞いています」

「兄の話でも、勝子さんは、R村が、日本海に近いこと、満州国へは、日本海を渡ればば近いことも、よく知っていたそうですよ」

「祖母は、昭和十九年に、珍しいチョウを追っていて、行方不明になったといわれているんですけど、その前に、岐阜県庁へ行ってR村のことをきいていたんですね」

「しかし、あの時、勝子さんは来なかったことになっているんです。R村の話もなかったことにね。もちろん、私の兄が、R村について勝子さんと話したこともです」

「誰かが、秘密にしろと、命令したんですか？　知事さんですか？」

と、えりがきいた。

「知事に、みんなを黙らせる力なんかありませんよ」

と、木下が、笑った。

「じゃあ、誰が?」

「昭和十九年の戦時下ですからね。当時、一番力を持っていたのは、軍です。陸軍は、何でもできましたからね。多分、陸軍から、知事に指示があって、知事から、私の兄に、勝子さんのことは資料に残すなという指示があったと思いますね。指示というより絶対の命令です」

「その命令には、逆らえないんですか?」

「無理です」

「でも、もし、逆らったら、どうなるんですか?」

「私が、調べた限りでは、軍の命令を拒否すればたいてい、懲罰《ちようばつ》召集になりますね。年齢が高かったり、身体《からだ》が弱くて今まで、兵隊にならずにすんだ人間を、無理矢理、兵隊にして、一番の激戦地に放り込むんです。万が一にも、生還ができないような戦場にです」

「でも、戦場に行くのは、名誉なはずなんでしょう?」

と、えりがいうと、木下は、また笑った。

「それは、建て前ですよ。誰だって、死にたくありませんよ。それを、無理矢理、死にそうな戦場に放り込むんです。だから、懲罰召集です」

「どうして、祖母は、行方不明に？」

「兄は、勝子さんと、実際に二人でR村に行こうとして、村の入り口で、会う約束をしていたそうです。しかし、いくら待っても彼女は現れなかった。彼女は、消えてしまったんだと、兄は、いっていました」

えりは、もう一度R村に戻ろうと思っていた。

第二章

永久戦争

1

夏川えりがR村へ行ってから、その一か月後、三鷹《みたか》の住宅団地で事件が起きた。一九六四年の東京オリンピックの頃には、この団地は若い夫婦の声と、子供の声であふれていたが、今、聞こえてくるのは、老人の咳《せ》き込《こ》んだ声と救急車のサイレンと、犬の吠《ほ》える声ぐらいなものだろう。

その外れの棟の三階の部屋で、とうに還暦を過ぎた男が薬殺死体で発見された。名前は、浅野真治《あさのしんじ》。七十二歳。作家を名乗っていたが、最近になって、彼の本が出たことはなかった。独り住まいで、年金だけでは暮らせず、生活保護を受けていた。

そんな男が殺されたのだ。

独り者の老人の死を見るたびに、警視庁捜査一課の十津川《とつがわ》は同じ疑問を感じてしまう。今回も、床に俯《うつぶ》せになって死んでいる小柄な老人を見て、同じ疑問を感じていた。

生活保護を受け、それに、プラスわずかばかりの年金で暮らしている老人だった。

そのうえ、殺されていたのが分かったのは、死後、三日目の夜である。誰も、彼が顔を出さなくても心配したり気を遣ったりはしていなかった。

そんな男を誰が何のために殺したのか。

「何も、ありませんね」

と、亀井《かめい》刑事が部屋を見回していった。

六畳に、四畳半、それに小さなキッチンが付いている2DKの部屋である。中古のテレビはあったが、それ以外、これといった目立つものは、部屋の中には見当たらない。

もちろん、どこを、探しても、貯金通帳などといった財産の証《あかし》になるようなものは見当たらなかった。死因は、青酸カリによる中毒死。そのため、最初は、自殺の可能性も強いと刑事たちは見ていた。孤独な、老人の自殺である。

しかし、死体のそばにはビールの瓶と、グラスが二つ、転がっていた。そのうえ、片方のグラスには明らかに、指紋を拭き取った跡があった。こうなれば、自殺の可能性は消えて、殺人の可能性が強くなってきた。

団地には自治会があって、その自治会長も七十代で、妻を五年前に病気で失って、男の独り住まいである。彼の証言によれば、浅野真治は、ほとんど、他の住人とはつき合いがなかったという。

「仕事もしてなかったようですよ。十年以上前から生活保護を受け、それと年金で暮らしていたみたいで、六十代の頃は、自分で、何とか仕事を探しなさい、と市役所でいわれたらしいんです。しかし、仕事を探してる様子は、ありませんでしたね」

と、自治会長がいった。

孤独な七十二歳らしく、写真もなかったし、手紙の類《たぐい》も一枚も見つからなかった。

「とにかく、どんな人間とつき合っていたのか、それを探すのが、大変だな」

と、十津川は覚悟したのだが、次の日になるとあっさりと、殺された浅野真治が何をしていたのかを、証言する男が、見つかった。小さな出版社の社長で彼は浅野真治の部屋を訪ねてきて、捜査中の十津川に、殺された浅野真治のことで次のような証言をしたのである。

「浅野さんには原稿を頼んでおいたんですよ。そろそろ、出来上がると、いわれていたんで、楽しみにしていたんですが、急に連絡が取れなくなってしまって。まさか、亡くなっているとは、思いませんでした」

「どんな原稿を頼んでいたんですか」

と、十津川がきいた。

「実は、浅野さんの父親である、浅野真太郎《しんたろう》という名前の人ですが、戦争中、沖縄で、独特な戦い方で、戦争が終わった後もアメリカ軍と、戦い続けたというんですよ。

この人の考えた永久戦争論というのが面白いので、その息子の浅野さんに、お父さんから聞いた話を、原稿にまとめてくれと頼んでおいたんですよ」

「永久戦争論、ですか？」

十津川は、その意味が分からなくて、きき返した。日本が総力をあげて戦った太平洋戦争だって、四年で終わったのである。終わらない戦争など、ありえないだろう。

「私が浅野さんに原稿をお願いしていた戦争理論というのは、戦争はやり方によって永久に続く、というもので、彼のお父さんはそう考えて、沖縄で、戦闘を指揮していた、といわれているんです」

「どうも、よく分かりませんが」

と、十津川はいった。

「沖縄の戦争だって、確か、昭和二十年の六月二十三日に終わってしまっているでしょう。沖縄の守備に当たっていた第三十二軍の牛島《うしじま》司令官が、洞窟《どうくつ》の中で自決した。それで沖縄戦は、終わったと教えられましたがね」

と、十津川がいった。

「確かに、刑事さんが、いうように、沖縄戦は昭和二十年六月の二十三日に、一応終わりました。しかし、浅野さんの父親は、その後も一人でアメリカ軍と戦争を続けていたんです。独自の戦略で。その考えを、理論的に体系化したものが、永久戦争論らしいんですよ。私としては、面白い話だと思って、本にしようと、思ったんですが、原稿も、なくなったみたいですね」

「それらしい原稿は、どこにも、ありませんでしたよ」

「そうすると、誰かが浅野真太郎の永久戦争論の本を、世に出したくなくて、息子の浅野さんを殺したんでしょうか？」

「それは、分かりませんね。もっと詳しく、永久戦争論というのを話してもらえませんか？」

十津川は、ゆっくり話が聞きたくて郷田《ごうだ》という出版社の社長を、その日の夕食に誘った。

十津川が郷田社長を誘ったのは、新宿西口にある、天ぷらの店だった。その店にしたのは、独立した個室があるからだった。

「郷田さんは、どうして、殺された浅野真治の父親が永久戦争論なるものを考えていたことを知ったんですか」

十津川は、食事をしながら、きいた。

「沖縄戦について、色々と、調べていたんですよ。そしたら浅野真太郎という当時ゲリラ戦の指揮を執っていた男がいて、戦後、永久戦争論というのを喋《しゃべ》っていたというのをたまたま知ったんです。すでに浅野真太郎さん本人は亡くなっていたんですが、息子の真治さんに、お父さんから何か永久戦争論について聞いていないか？　もし聞いていたら、それを原稿にまとめてほしい。そうしたら、うちで本にすると、約束したんです」

「私も、沖縄戦については、関心があって、調べたことがあるんですが、永久戦争論というのは、知りませんでした。第一、昭和二十年六月二十三日には沖縄戦は事実上終わってしまっていますよ。その後沖縄のどこで、どんな戦いが続いていたんですか。具体的にいうと、永久戦争論というのはどんな戦いなんですか」

と、十津川がきいた。

「私も、詳しくは、知らないんですよ。真治さんのお父さんの真太郎さんが考えた戦争理論で、沖縄で、成功したので、真太郎さんはアメリカ軍に占領されている沖縄から、漁船で脱出し、本土に帰ってくると、本土決戦に備えて、永久戦争論を当てはめた訓練を始めたそうです」

「しかし、戦争末期の日本で、一番不足していたのは、兵隊だったはずですよ。どうやって兵隊を、集めたんですか」

「正確にいえば、兵隊じゃないんです。真治さんのお父さんが、訓練したのは、子供なんです」

「子供？　しかし、子供を兵士として戦争に使うのは許されていないでしょう。確か、日本の徴兵年齢が二十歳以上だったのを太平洋戦争末期には、兵士が足りなくなって、十七歳まで徴兵年齢を下げている。子供というと、もっと低年齢なのですか？」

「その通りで、十歳前後の子供たちです。十津川さんがいうように、十七歳以上の男子なら正式に兵隊として採用できますが、十六歳以下の子供たちは、法律的に兵士として徴兵できません」

「それでも、兵士として、使ったんですか？」

「徴兵年齢になっていなくても、法律は便利にできていて、その子供が志願すればいいんです。十六歳以下でも、志願という形をとれば少年兵として使っていいんです」

「しかし、そんな子供たちに、どうやって、アメリカ兵と戦わせるんですか？」

「いや子供だから、戦えるんです」

「子供だから？」

「そうです。事実上の戦争が終わってアメリカ兵も、ほっとしている。そこへ、浅野真太郎が、訓練した子供たちを近付けるんです。ニコニコしながらね。アメリカ兵も相手が子供なので、全《まつた》く警戒せずに、チューインガムやチョコレートを与えて喜んでいたそうです。子供の方は、ニコニコ笑いながら兵士のキャンプまで、近付いていったりして、そのキャンプの場所を確認すると、夜になってから今度は、爆弾を持って近付いていき、笑顔で迎えるアメリカ兵に爆弾を投げつける。アメリカ兵は無警戒なので、次々とやられたそうです。子供は、いくらでもいるし、武器はいらない。笑顔さえあれば、いいんです。それに爆弾と。つまり、子供を兵隊に使えば、永久に戦争を続けることができる。それが浅野真太郎という人が考えた、永久戦争論らしいんですよ」

「沖縄戦の後、本土決戦になったら、同じことをするつもりだったんですかね？」

「そうです。沖縄で、成功したので、浅野真太郎は、占領されている沖縄から、漁船で脱出し、本土に戻ると子供たちを集めて、同じような訓練を施《ほどこ》していたんだと思います。ですから、本土決戦でも、子供たちがニコニコ笑顔でアメリカ兵に近付いていってては爆弾を投げ込んで、相手を殺した。この作戦はかなり成功していたと思いますね」

と、郷田社長がいった。

「具体的に、本土のどこで、浅野真太郎は、子供たちを、訓練していたんですかね？」

「私が聞いたのでは、太平洋側ではなくて、日本海寄りの山中で訓練をしていたんじゃないかといいます。太平洋側では敵機の爆撃や艦砲射撃が激しくて、子供を訓練する場所がありませんから。私は、飛騨《ひだ》高山の近くの山中で子供たちを集めては、永久戦争論を実施して、訓練をしていたと、聞いたことがあります」

と郷田が熱っぽく、いった。

「しかし、子供を戦争に使うなんて、ひどい話ですね」

十津川が、いった。

「その通りです。しかし本土決戦になったらそんなことは、いってられませんよ。第一、軍人は、本土決戦を叫んでも、本当は、ロクな武器はなかったといわれています。その点、子供たちは、笑顔さえあればいいんですから、必ず本土決戦には使いましたよ。兵器としてです」

「私には、まだ信じられないのですが、沖縄では本当に、子供を使った、いわゆる、ゲリラ戦が行われたんですか」

十津川がきく。

「真治さんが、お父さんから聞いた話では、沖縄戦が実質的に終わった後も、子供を使ったいわゆる、永久戦争が何か所かで実行され、戦果を、挙げていたそうです。アメリカ兵は子供に甘いし、戦争が終わった、という、ほっとした気持ちから、全く無防備で子供たちに、接していた。そこを狙ったので、大きな戦果を、挙げていた。だから、本土決戦でも子供たちを使う、いわゆる永久戦争論を、実行する計画が急遽《きゆうきよ》、採用されたそうです」

「訓練場所として高山の近くが決められていたんですね？」

「高山の奥です」

「まだ沖縄戦で、子供を使ったゲリラ戦があったというのは、信じられませんが――」

「私だって信じられませんでしたよ。だが、真治さんの話を聞いているうちに、実際に行われたと信じるようになりましたね。浅野真太郎の考えによると、だらしのない大人よりは、子供の方が、戦力になったと、いったそうです。

その理由の一番目は、子供たちは死ぬということが、分かっていないので、死を怖《おそ》れない。第二に、大人の命令通りに動く。命令に疑問を持たない。そして第三が、アメリカ兵は子供だからというので、無警戒だったことだそうです。

沖縄では、アメリカ兵が、ニコニコ笑っている日本の子供たちを、自分たちの宿舎まで連れていって、銃や大砲なんかの説明までしてくれたそうです。その日の夜、子供が遊びに行くと、喜んで迎えてくれたので、子供は、爆弾を投げ込んで、一人で数人のアメリカ兵を殺したこともあったそうです」

「その浅野真太郎が、実際に本土に戻って、高山の奥で子供たちを集めて訓練をしていたんですね？」

「何でも、一つの集落を作り、そこで子供たちを集めて、かなり激しい訓練をしていたといいます。嘘《うそ》とは思えないのです」

「できれば、その場所に行ってみたいと思いますが――」

と、十津川がいうと、

「私も詳しい場所は分からないのですが、高山本線の高山で降り北に向かうと、山間部に、R村という集落があると。その集落に子供たちを集めて訓練していたと聞いています」

「R村という集落ですか？」

「実は、ここにきて、その集落の話が、戦史関係の雑誌に出たことがあるんですよ。『謎《なぞ》の集落』という見出しで。今は廃墟《はいきょ》になっていて、何をやっていたか、分からない。何か訓練をしていたらしいのだが、どんな訓練かは分からないと書いてありました。ああ、それから戦争中ですが、その集落で、従軍看護婦が一人、行方不明になっています」

2

三鷹署に、捜査本部ができると、十津川はすぐ、三上《みかみ》本部長に、永久戦争論について説明し、高山行きの必要性を、強調した。しかし、三上本部長は、簡単には許可せずに、

「そんな永久戦争論などという荒唐無稽な話は、信用できないね」

という。

「第一、どうして、子供を使うゲリラ戦が、永久戦争論なんだ？」

「沖縄戦では、実際に子供が使われています。当時、日本という国は政府が産めよ増やせよといって、子供がたくさんいました。その子供を戦力として使うことができれば、戦争がいくら長引いても平気で持続できると考えて、永久戦争論という名前をつけたんだと思うのです。戦争末期、本土でも、高山の北の山間部で、優秀な子供を集めて、訓練されていた。今のところ証拠はありませんが、これが事実ならば、絶対に、今回の事件の捜査に役立つと思います」

十津川が強い口調でいうと、三上も、やっと肯《うなず》き、急遽、十津川は、亀井刑事と二人で、高山に向かうことになった。

しかし、名古屋に向かう新幹線の中でも、亀井刑事は半信半疑だった。

「本当に沖縄戦で子供を使ったゲリラ戦が、あったんでしょうか？　あまり聞いたことがありませんが」

「私も実は、半信半疑なんだ。しかし、色々調べてみると国家というものは、兵隊が足らなくなれば平気で、徴兵年齢を、低くしていく。太平洋戦争の末期になると、兵隊に徴兵できるのは十七歳まで下げた。それでも兵隊が不足していれば、十六歳以下でも自ら志願すれば、兵隊にできることにしてしまう。国家は、子供だって兵士として使ってしまうんだからね。将来日本が戦争に巻き込まれたら、また、子供を使うかもしれない。だから、実際に、どんな訓練をしていたのか、この目で、確かめてみたいんだよ」

と、十津川がいった。

高山へは名古屋で新幹線を降り、乗り継いで岐阜か美濃太田《みのおおた》から高山本線に入るのだが、十津川たちは、名古屋から直通の「ワイドビューひだ」に乗った。高山本線は、若者で混んでいた。十津川はそんな若者たちを見ながら、戦争中、高山の近くの集落で子供を使った訓練が行われていたことは、誰も知らないだろうと思い、そのことに、ほっとしながら同時に逆に心配にもなってきた。

二時間余で高山に着くと、十津川はすぐ、高山市役所に直行した。広報担当者に会い、高山と富山の間で、戦争中にR村という不思議な集落があったという話を聞いたが、本当にあったのかどうかを、きいてみた。すると、中年の広報担当者は、

「それが、実在したんですよ」

楽しそうに笑って続けた。

「その話は、私なんかは、全く分からないんですが、噂《うわさ》によるとこの高山の北に戦争中、R村があって、そこでは何か特別な任務を持った人たちが住んでいた。それから子供も、たくさんいたという話も聞いています。しかし、はっきりしたことは、分からんのです。毒ガスを作っていたという話までありますから」

十津川は、現在の高山市長にもきいてみたが彼の答えも同じようなものだった。

「うちの市役所の一番年上の職員は、六十四歳ですが、この男でも戦後生まれですからねえ。あの集落については、誰も知らないといった方が、いいんです。調べて分かったことは、太平洋戦争が始まった昭和十六年には、何もなかったのに、昭和二十年になると突然山の中に大きな集落が生まれたわけです。そこで何をやっているのか分

からなかったんですよ。近付くと、銃を持った警備兵に脅かされたという話があったり、子供がいっぱいいたので、学童疎開かと思ったりしたといわれています。中には毒ガスを作っているんじゃないかという噂もありましたが、結局、よく分からないうちに、戦後になって、数年前にあの集落は消えてしまいましたね。ですから分かっているのは、たぶん陸軍の関係機関が、あそこに何か研究をするための集落を、つくったらしいということくらいなんです」

と、市長がいった。

「では、もう誰も、住んではいないんですか？」

「誰も住んでおりません」

「子供が多数いたという話もありますが、いくつぐらいの子供ですか？」

「十歳前後じゃないか、といっても私たちが見たわけじゃなくて、そういう話が伝わっているだけです。その子供たちも、突然いなくなってしまって、R村の住人はほとんどいなくなってしまったんですよ。あのあたりは、今は、廃屋と、チョウの群れが見られる、それだけです。ですから、チョウを採りに来る人たちもいますが、その人たちだって、戦後生まれだから、戦争中に、造られたあの集落で何があったのかは、誰も知りません」

「他に、何かR村のことで分かっていることは、ありませんか？　どんな小さなことでも構いませんが」

　十津川がいった。

「高山に、夏川家という旧家があるんです。その夏川家の娘さんで、夏川えりという方が東京から、こちらにいらっしゃいましてね。亡くなったお祖母《ばあ》さんが、R村のことを日記に書き残していたので、見に来たといっていたんですが、その後、音信不通になりました。どんなことを、夏川えりさんが知っていたのか、私共も、興味はあるんですが……」

　それが、市長の言葉だった。

　R村まで距離があるというので、十津川たちはタクシーを頼んで見に行くことにした。

　一時間半近くかかって、問題の集落というか、集落跡に、到着した。

　地形が盆地になっている場所に、中央に小川が流れ、その辺りに、五十軒足らずの家が建っていたが、いずれも人の姿はなく、壁がはがれ、屋根も、落ちていた。市長がいったように、チョウがやたらに、集落の周辺を飛び回っている。二人は、盆地の中を、歩きながら時々廃屋を覗《のぞ》き込んだりしたが、人の気配も、犬猫の気配も、ない。一体、ここの集落で何が行われていたのか、いくら覗いても、想像がつかなかった。

「それにしても妙な造りですね。木造の家の隣に、コンクリートの建物がありますね」

歩きながら亀井がいう。

「なんだか、こんな辺鄙《へんぴ》な村には、不似合いな建て方だな」

と十津川が応じる。

「子供が、いっぱいいたというのは気になりますね。例の永久戦争論の言葉を、思い出しますから」

高山市長の話では、高山旧家の娘、夏川えりという女性が、この集落に、興味を持っていたという。何でも、彼女の祖母にあたる人が戦争中、この集落を訪ねてきたまま、行方不明になってしまったという。それで、最近、孫娘が興味を持ったらしいと、市長がいっていたが、どこの家を覗き込んでも、夏川えりと思われる女性の痕跡《こんせき》は、見つからなかった。

一軒ずつ廃屋を、覗き込んでいた十津川が、急にしゃがみこんで、一枚の古びた写真を拾い上げた。白黒写真である。泥がこびりついて、茶色く変色している。十津川はハンカチを取り出して、泥を、払い落とした。そこには、数人の日本の子供と、二人のアメリカ兵が写っていたが、よく見ると、背は高いが東洋人の顔をしている。おそらく、日本人が、アメリカ兵に扮《ふん》して、子供たちにアメリカ兵というものを、教え込んでいる、そんな情景の写真ではないだろうか。亀井刑事も、十津川と同じ反応を示した。

「この写真はたぶん、殺された浅野真治の父親がいっていたという、沖縄でアメリカ兵に、子供たちが親しげに近付いていく、それを、本土でも、練習している時の写真じゃないでしょうか。本土決戦になれば、間違いなく同じような状況が生まれる。その時に、子供を使ってアメリカ兵を殺す練習を、している。そんな気がしますね」

と、亀井が言った。

「私も、同感だ。沖縄の教訓から、浅野真太郎が、子供を使ったアメリカ兵相手の戦争のやり方を、子供たちに教えている写真だ。このR村以外にも、本土の何か所かでアメリカ兵に占領された後も、ゲリラ戦用の駒作りに、子供たちを訓練していたんじゃないのか」

十津川が言った。

他にも、参考になるような、写真や、書類が落ちていないかと、二人は探してみたが、何も見つからなかった。

二人が、タクシーを待たせておいた場所に戻ると、中年の運転手が、いきなり、

「行方不明の女性、見つかりましたか？」

ときく。これには十津川の方が驚いて、

「行方不明の女性のことを運転手さんまで知っているのですか？」

「お二人とも、東京の刑事さんじゃないんですか？」

「確かに、警視庁の刑事だが」

「そうでしょう。車内で、話をしているのを聞いていて、分かりましたよ。これは間違いなくあの女性を探しに来たに違いないと思ったんですよ」

「あの女性というのは？」

「夏川えりさんですよ。実は彼女を私が、高山市内から、ここまで運んだんです。何でも戦争中、お祖母さんが、ここに来たはずだが、そのままいなくなってしまった。七十年以上も前のことだから、もう亡くなっていると思うが、なぜ、祖母がこの集落に興味を持ったのか、知りたいんだと、いってましたよ」

運転手がいう。

「その話、詳しく聞きたいね」

十津川がいうと、運転手は、十津川と亀井という二人の聞き手が見つかったと喜んでいる感じで、急に熱心に話し始めた。

「私が乗せた女性は今、いったように夏川えりさんといいましてね。高山では、旧家のお嬢さんですよ。なんでも、彼女のお祖母さんに当たる人が戦争中、従軍看護婦で満州にいたが、特別の休暇を貰《もら》って一時的に、日本に帰ってきた。もう日本の敗北が必至だった頃で、その時この集落にチョウの採集に来たらしいんです。ところが、そのまま消えてしまった。未《いま》だにお祖母さんが、どうなったか分からないので、七十年以上経《た》ったが、どんな集落だったのか、調べてみたいといって、私の車に乗ってここに来たんですよ。もちろん、誰も住んでいませんでしたが」

運転手がいった。

「従軍看護婦の夏川さんというのか。その人のことを、詳しく話してくれないか」

「今も言ったように、夏川家というのは、高山では、旧家なんです。そこの一人娘で夏川勝子さんというのが、従軍看護婦で、満州に行っていたんですが、休暇を貰って帰ってきて、このR村にチョウの採集に来たらしいんですよ。確か、昭和十九年かな。日本が負ける寸前ですよ。ところがそのままいなくなってしまった。どこへ行ったか、今でも分からないらしいんです。そして、孫娘の夏川えりさんという人が、この集落に、何かお祖母さんの痕跡が、残っていないかを調べに来たというわけです」

「孫娘の夏川えりさんの方は、行方不明になった訳じゃないんだね？」

「それは分かりませんよ。私の車でここにお連れし、その後、岐阜県庁にお送りしましたが、その後お会いしていませんから。確か、東京に住んでいると聞きました。お祖母さんのことを、調べに来たらしいんですが、とうとう、何も分からなくて、東京に戻ってしまったのかも、しれません」

「それで、夏川勝子さんの方だが、従軍看護婦だったのは間違いないんだね？」

「孫娘の夏川えりさんは、そういっていました。いよいよ本土決戦で、そうなったら、もう帰れないので、特別休暇を貰ったという話ですよ」

「その夏川勝子さんは、すでに子供もいたと」

「私が聞いた話だと、婿として入ったご主人の方は、兵隊で満州にいたのが、沖縄の守備のために、勝子さんが帰国した直後に、沖縄に回されたと聞いてます。だから戦死しているだろうという話も聞いたことがありますよ」

「満州から沖縄に回されたのか？」

「そう聞いてます」

「少しずつ、話が通ってきたな」

と、十津川はいった。

「何のことです？」

「夏川勝子さんのご主人だがね。普通の兵隊じゃなかったんじゃないのか？」

十津川がきくと、運転手は、

「何のことです？」

「沖縄守備隊の中に、普通の兵隊じゃなくていわゆるスパイ学校の卒業生が、参加しているんだ。夏川勝子さんのご主人がひょっとして、それじゃないかと思ってね」

「困ったな。私なんかにそこまでは分かりませんから、太平洋戦争の研究をしている人にきいてください」

「分かった。戦時中従軍看護婦だった夏川勝子さんだが、高山では有名な旧家のお嬢さんだったのなら、あなたも、噂ぐらいは、聞いているだろう。どんな女性だったんだ？」

「かなり有名な娘さんだったみたいですよ。戦争中なのに、平気で日本陸軍の悪口をいったりしていたといいます。日本陸軍では、慰安所を作って、そこには、慰安婦がいて、兵隊たちの性の相手をさせていたわけでしょう。その件で、勝子さんは、知り合いの陸軍の将校に食ってかかったといわれています」

「どんな風にだ？」

「男は、兵隊にとられて、寂しいだろうということで、従軍慰安婦を、あてがわれている。それじゃあ、夫を兵隊にとられた奥さんの方は、どうやって慰めてくれるのか。女だって寂しいんだといって、軍のお偉方に食ってかかったといわれています。正論だといって、拍手した女性は多かったが、逆に、陸軍のお偉方は皇軍を貶《おと》めるものだといって激怒したそうです」

「当然だろうね。軍隊というのは、最も男尊女卑の激しいところだからね」

と、十津川は、いってから、亀井に向かって、

「君はここに残ってR村の実態を、引き続き調べてくれ。戦時中、ここで何があったのか知りたいからね」

「警部は、どうされるんですか？」

「私は、東京に戻って、防衛省に行ってくる。沖縄戦で永久戦争のことが、論じられたのかどうか。それにR村との関係も調べてきたいんだよ」

十津川は、その場で亀井と別れ、タクシーで、北の高岡に抜け、北陸新幹線で東京に戻った。

3

まず、三上本部長への報告をすませてから防衛省に行き、沖縄戦の資料を、当たることにした。一緒に、資料を見てくれた防衛省の職員がいきなり十津川にいった。

「沖縄戦の歴史は、かなり書きかえられていますから、そのつもりで、読んでください」

「誰が書きかえるんですか？」

「本人がです」

「どうして、本人が、わざわざ、書きかえるんですか？」

十津川が驚いて、きいた。

「例えば、沖縄には、ガマと呼ばれる洞窟《どうくつ》があって、沖縄戦の最中、民間人の多くが、戦火を避けて、そのガマの中に避難していました」

「それは、前に、読んだことがあります。確か、兵士たちも、同じガマに逃げ込んできて、戦闘の邪魔だといって、民間人を、追い出した。そのため、多くの民間人が逃げ場を失って、戦火に倒れたと」

「沖縄戦の特徴の一つは、日本兵によって、民間人が死に追いやられたことです。手榴弾《しゅりゅうだん》を渡されて自決を強要されたり、作戦の邪魔だといって、ガマから追い出されたりということがあったことです」

「確かに、そうした話は聞いていますが、どうしてそんなことになったんですかね。沖縄に特有なことだったのか、それとも、兵士と民間人が一緒にいる場所が戦場になると同じような悲劇が生まれるということですかね？」

「私は両方あったと思います。沖縄に特有な事情と、本土決戦の当初から兵士と民間人が、混在した悲劇です」

「あなたは、沖縄の生まれですか？」

「そうです。私の祖母は、沖縄戦で亡くなっています。小さな島の小さな村に住んでいたんですが、日本の守備隊の隊長から、アメリカ軍が上陸してきた場合、邪魔になるといわれ、手榴弾を渡され、他の村人と一緒に自決しています」

「しかし、牛島司令官は、沖縄戦では、共死共生をいっていた。共に生き、共に死のうということでしょう。それなら、沖縄の人に自殺を強要せずに、一緒に戦おうというべきだったと思いますが、そうはしなかったんだ」

「それが沖縄の特殊性です」

「どんな特殊性ですか？」

「現在の日本人には、分からないかもしれませんが、沖縄は、琉球と呼ばれていて、もともと、琉球王国だったんです。明治になって、日本に併合されたんです。だから、本土の人間は琉球を下に見ていたし、戦争になると琉球の人は信用できないとなったんだと思いますね。いつ裏切るか分からないと、疑心暗鬼だったんじゃないかと思います」

「それで、一つの謎が解けますね。牛島司令官は、二十年六月二十三日に、ガマの中で自決するんですが、最後の言葉を電報で送っているんです。その中に、沖縄の人々を気遣う言葉がないのが不思議だといわれているんです。同じ沖縄戦でも、海軍の大《お》田《お》《た》司令官の方は、玉砕の前に沖縄の人々の協力に深く感謝すると伝えているから、牛島司令官が県民の犠牲に触れていないのを不思議がっている人が多いんだが、あるいは、沖縄の人々を最後まで信用していなかったのかもしれませんね」

「牛島司令官は、確か、沖縄に派遣された時、スパイ行為が不安だといっているんです。だから、最後まで沖縄の人々が信用できなかったのかもしれません」

「そう考えると、納得できることがありますよ。沖縄戦の直前、スパイ学校の卒業生が本土から派遣されているんです。ゲリラ戦に備えてということもあるでしょうが本土の人間には、沖縄の人々が信用できないということがあったのかもしれませんね」

「それが、今も続いているケースもありますよ」

と、職員がいった。彼が十津川に見せたのは、沖縄戦の時、民間人がどう行動したかを記録した資料だった。

そこには、沖縄の人々全員が、戦火を避けてガマに逃げ込んだと書かれている。

問題は、最後に書き加えられた言葉だった。


〈自発的に洞窟を捨てた〉


同じ言葉がずらりと並んでいることに十津川は驚いた。

「これは、何ですか？」

「全員が訂正したんですよ。元々は〝日本軍の命令によって、洞窟を出た〟と書いてあったのです」

「自分から出たのではなかったんですか？」

「当たり前でしょう。ガマを出たら、アメリカ兵に撃たれるんです。そんな自殺みたいな真似《まね》はしませんよ」

「じゃあ、どうして、全員が訂正したんですか？」

「戦後、政府は沖縄戦で亡くなった兵士に対して一時金を支給しています。しかし民間人には補償がなかったので、請求してきました。やっとそれが認められることになったのですがそれには条件があって、ガマを出たのは日本兵に追い出されたのではなく、自分から出たと訂正することだったのです」

職員は、急に、きつい調子になった。

「それでみんな、訂正に応じたんですね？」

「政府の統計でも、日本で沖縄は一番貧しい地区になっています。どうしても、お金が欲しい人は、仕方なく訂正に応じたんです」

と、職員はいう。十津川は、もう一度資料を見た。ずらりと証言者の名前が並び、どの証言も最後は訂正の文字になっている。

（これは歴史を曲げることになるのではないか？　しかも、自ら、嘘であることを承知で、曲げているのだ）

十津川は、一時、黙ってしまった。

職員の方が、心配顔になって、

「大丈夫ですか？　沖縄戦での子供の話を探しているんでしょう？」

「ああ。そうです。確か、沖縄戦では、兵士が足らずに、中学生まで動員していますね？」

「そうです。中学三年生は、鉄血勤皇隊《てっけつきんのうたい》として、動員され、銃を持って、戦っています」

「中学一年生は、どうしたんですか？」

「牛島司令官と、地元民との間で、沖縄戦が始まる前に、協定ができていたといわれています。中学三年生は銃を持って戦ってもらうが、一年生と二年生は、まだ子供なので、連絡係として働き、戦うことはしないと」

「それでどうなったんですか？」

「国家というのは、いいかげんだと思いますね。沖縄戦が始まると、連絡係としてしか使わないといっていたのに、中学一、二年生にも平気で銃を持たせて戦闘に使っているんです」

「もっと年齢の下の、本当の子供たちを使ったゲリラ戦のことを、知りたいんですが、そのことを記した資料は、なかなか見つかりません」

「あまり、自慢になることじゃありませんからね。私は、中学時代に父から聞いたことがあります。父は、実際に体験した祖父から聞いたそうです」

「いわゆる永久戦争論と、いっていたんですかね？」

「それは、知りませんが、このゲリラ戦を考え実行したのが、十津川さんのいうスパイ学校の卒業生といわれています。彼らの考えの中では、戦争と平和がつながっている。従って、勝敗はまだ分からないというわけです。そんな考えの人たちが計画し、実行したのが、子供を使ったゲリラ戦ですから、自分で永久戦争と自称していたかもしれません」

「多少は、成功したみたいですね？」

「何しろ、戦闘が終わった時点と場所で、計画の実行者は、子供ですからね。アメリカ兵も、ほっとしている。そこへ、子供が、ニコニコ笑いながら現れる。アメリカ兵だって、歓迎しますよ。怒る兵隊なんかいるはずがありません。アメリカ兵は、子供たちに、チョコレートやガムを与える。その時に、子供にいわせるんです。あとで、遊びに行っていい？　とです。アメリカ兵は、喜んで、部隊の場所を教え、歓迎の準備をする。子供は、山の中の基地に帰っていく。そこで、このゲリラ戦を計画したスパイ学校の卒業生が待っていて、爆弾を渡される。夜になると、爆弾を持って、アメリカ兵の部隊を訪ねていく。もちろん歓迎されます。そのお礼に、子供は、爆弾を投げる。大人は、迷ったりするが、子供にはそれがない。子供の投げた爆弾で、一時に、アメリカ兵五人が死亡、三人が負傷するようなこともあったそうです。そこで実質的な沖縄戦は終わったが、急遽、山の中に五か所の基地を作り、スパイ学校の卒業生が戦う子供たちの訓練を始めたそうです」

「それで、日本本土でも、同じことを考えたんですね？」

「その頃、本土では、本土決戦に備えて、準備を進めていましたが、何とか兵士の人数は、五十万を集めたものの、本土を二分し、それぞれ東と西の司令官になった杉山《すぎやま》大将と、畑《はた》大将は全く自信がなかったと思います。兵士の数だけの銃は用意できなかったし、大砲の弾丸だって、一回の戦闘分しかなかったといわれていましたから。頼みは航空特攻ですが、航空特攻の場合は、二百機出撃すれば、二百機が失われ、二百人のパイロットが死ぬわけですから、損失が莫大《ばくだい》です。恐らく、二人の司令官は、どうしたらアメリカ軍と戦えるのか分からなくて、悩んでいたと思うのです。本土決戦の最終兵器として、冗談ではなく、殺人光線や、忍術まで考えていたといいますからね。そんな時に沖縄戦での子供を使ったゲリラ戦成功を知って、飛びついたと思います。何しろ子供はいくらでもいるし、爆弾しか要《い》らないんですから」

「そこで、急遽、沖縄から、このゲリラ戦を計画し、実行したスパイ学校の卒業生を、本土に呼んだんですね？」

「私の聞いたところでは、五人の人間を、漁船に乗せ、占領下の沖縄を脱出させたということです」

「その五人の名前も分かっていますか？」

「分かっています」

職員は、その名前をメモして、十津川に渡してくれた。

浅野　真太郎（Mスパイ学校卒業）
大河内《おおこうち》　明《あきら》　〃
鈴木《すずき》　太平《たへい》　〃
万田《まんだ》　強《つよし》　〃
夏川　勝利《かつとし》　〃

この夏川勝利というのが、夏川勝子の夫であろうと十津川は推測した。

もちろん、この五人は、すでに死んでいる。

「五人とも、無事に本土に着いたんですか？」

と、十津川がきくと、

「九州の大隅《おおすみ》半島に着いたところでアメリカ戦闘機の攻撃を受け、鈴木と万田の二人が死亡したと聞いています。助かった三人は、ある『村』に連れていかれ、そこで、子供の訓練に当たっていたそうです」

助かった三人の名前に、十津川は、丸をつけた。

「三人はそのあと、どうしたか、分かりますか？」

「その後、日本本土の重要地点に移動し、終戦まで、本土決戦のために役立つ任務についていたが、昭和二十年九月三日、解散したとしか書かれていません」

「昭和二十年九月三日というと、日本が、正式に、降伏文書に調印した翌日ですね？」

「そうです」

「つまり、その日まで、この三人、大河内明と浅野、夏川は、集めた子供たちに、アメリカ兵を殺す方法を、教えていたわけですね」

十津川がいうと、職員は、

「何をしていたかを記した文書は、残っていません。多分、上からの命令で、二十年九月二日から三日の間に、全部焼却してしまったに違いありません」

「しかし、あなたは、知っていた？」

「父に聞いていたからです。父は、祖父から聞いていたんだと思います。従って、伝聞でしかありません」

「あなたのお父さんか、お祖父さんは、その記憶を本にして、遺すことはしなかったんですか？」

「私も、興味があったので、探してみましたが、見つかりませんでした」

と、相手は、いった。

第三章

戦争と子供と

1

沖縄戦について資料を集め、それを調べていた十津川警部が突然、

「間違えた」

と、大きな声を出した。十津川にしては珍しいことだった。近くにいた亀井刑事もびっくりして十津川を見る。

「問題のR村について、間違った見方をしてしまったんだ」

と十津川は声に出していった。

「何のことですか」

亀井がきく。

「沖縄戦で行われたといわれる子供を使った永久戦争という、スパイ学校の卒業生が考えたゲリラ戦についてだよ。昭和二十年に沖縄戦は終わった。その後スパイ学校の卒業生たちが、子供を使って、アメリカに対して永久戦争を始めた。それが、成功したので、秘《ひそ》かに関係者が、漁船で日本本土に舞い戻り、本土決戦の中の一つの戦術として伝え、継続させるために、本土での訓練が始まった。私はそう、考えたんだが、

時代を間違えてしまった」

「どんな具合にですか」

「確かに子供を使ったゲリラ戦争、いわゆる永久戦争については本土決戦の前に沖縄の戦闘で、使われた。それは間違いないんだが、この永久戦争を考えたのは沖縄に配属されたスパイ学校の男たちではなかったんだ。これは、明らかに戦闘方式の変更だから、それには、手順をしっかり守る必要があるんだ」

「警部のいう通りなら、問題の永久戦争という手段を考えたのは沖縄ではなくて、日本本土ですか」

「そうなんだよ。日本の軍隊は、海軍でも陸軍でもそうなんだがどんな場合でも〝上意下達〟という形は崩さなかった。戦争が優位の時でも、不利の時でも上意下達は崩さなかった。つまり、全《すべ》ての命令は上から下に伝えられ、下の者は絶対にその命令に服従する。拒否はできない。これが上意下達の意味で、最後まで守られている。

　だから私が、沖縄戦で、スパイ学校の人間が子供を使った永久戦争方式を実行し、成功したので、彼らは、昭和二十年に漁船で沖縄を脱出し、日本本土に来てそのゲリラ戦を広めた、といったが、それは間違いだ。この永久戦争方式を考えたのは、あくまでも中央の軍中枢の参謀あたりだ」

「本土決戦が叫ばれるようになったのは、その頃ですか?」
「ガダルカナルの敗北以来、アメリカ軍に押され続けた日本の軍部は、絶対国防圏というものを作った。防衛範囲を狭くするが、その代わり、その中には、絶対侵入させないという範囲を作ったんだ。その東の端に、サイパン、テニアンというマリアナ諸島があった。日本軍が、この島々を重視したのは、アメリカが、B29と呼ぶ長距離爆撃機を作っているという情報があったからだ。もし、サイパン、テニアンがアメリカ軍に占領されたら、そこに飛行場を造り、問題のB29が、日本本土を爆撃するに違いないと、考えたんだ。ところが、そのサイパン島に、昭和十九年の六月にアメリカ軍が、上陸してきた。驚いた閣僚たちは、総理大臣兼陸軍大臣だった東条英機《とうじようひでき》に、大丈夫かときいた。東条首相は、胸を叩《たた》いて、絶対に大丈夫で、占領されることは永久にないといったのだが、翌七月末には、サイパンについでテニアンも、アメリカ軍の攻撃の前に陥落してしまったのだ。大言壮語した東条首相は、辞任したが、軍の最高幹部の大本営、特に大本営陸軍部は、あわてて本土決戦を真剣に考えるようになったといわれている。

昭和十九年八月十九日に『今後採るべき戦争指導大綱』が作られた。それに先立つ七月二十日には、本土を守る西部軍は、九州沿岸でアメリカ軍を迎え撃つための陣地構築を始めたし、同月二十四日には、陸軍は、戦車師団を含めた三個師団をまとめた第三十六軍を、関東地方の防衛に当たらせることにした。十月十五日には、近衛第三師団と第二師団に、関東地方の九十九里浜と相模《さがみ》湾に防衛陣地の構築を命じた。また、陸軍は、長野県松代《まつしろ》に、地下大本営の建設を決めている」

「何となく、あわただしいですね？」

「その通りで、あわてて、本気で、本土決戦を、考え始めているんだ」

「しかし、あわてても、上手《うま》くいかないものじゃありませんか？」

「その通りなんだ。その時点で、本土防衛に当たる陸軍の兵力は、東部、中部、西部の各軍あわせても五十万人足らずだったんだ」

「本土防衛には、どのくらいの兵力が必要だと、計算していたんですか？」

「大本営がその時、必要と考えた兵力は百五十万、それに予備兵力として五十万の合計二百万が必要だと考えていたといわれた」

「全然足らないじゃありませんか」

「そうなんだ。全《まつた》く足らない。その時、日本軍、特に陸軍は、中国、満州、東南アジアに兵力が、ばらまかれていたが、それを本土防衛のために、呼び戻すことができないんだ。なぜならアメリカの潜水艦や飛行機によって輸送船が次々に沈められ、兵士を運ぶ輸送船がなくなってしまったからだ。それで、仕方なく、本土の中で、二百万の新しい兵士たちを集めなければならなかったんだ。しかし、これは簡単ではなかった。兵士は、満十七歳から四十歳までの男子なんだが、この年代は、その時、工場で働いていたんだから、兵士に徴兵すると、飛行機や鉄を造る作業員がいなくなってしまうのだ。それでも、陸軍は、何回にもわけて徴兵したが、二百万に達する予定は実現することなく、翌二十年八月で、戦争は、終わってしまったんだ」

「それでも、軍は、本土決戦に突き進んでいったわけでしょう?」

「そうだよ。とにかく、防衛のための組織を作った。本土を東と西に分け、東の第一総軍の指揮をとるのは杉山元《すぎやまはじめ》大将、西の第二総軍は畑俊六《はたしゆんろく》大将と決め、他に航空総軍、第五方面軍、第十方面軍、小笠原兵団を含めて『本土決戦軍』と呼んだ」

「勇ましいですが、実際は、どうだったんですか?」

「例えば、戦後になってから、相模湾の防衛を命じられていた第三百十六師団の師団長は、『武器は極めて不十分で、小銃は皆無で、粗末な代用品（竹槍《たけやり》二千本）のみであった』と証言しているし、神奈川の茅ヶ崎《ちさき》にいた第三百四十九連隊には、兵士が二千八百八十三人いたが、重機関銃が二挺《ちよう》のみで、小銃の配給はなく、短剣だけだった。無線担当の兵士は、無線機を持たず、小銃はあったが、弾丸はなかった、と証言している」

「それでも、本土決戦は、やるつもりだったんでしょう？」

「そうだ。本土決戦であわよくば、アメリカ軍に大損害を与えて、有利な講和に持ち込みたいという『一撃講和論』だったといわれている」

「しかし、兵士の数も、武器も足らなかったんでしょうし、それで、どんな作戦を考えていたんですかね？」

「本土決戦の作戦指導に当たったのは、当時陸軍参謀本部の第一部長だった宮崎《みやざき》周一《しゆういち》という中将だった。この人が書いたものを読むと興味深いというか、痛々しいんだよ。本土決戦に備えるといっても、まともな戦力はないわけだからね。どうしても、精神力を強調することになってしまう。戦時中、宮崎中将は政府高官を前にして、次の言葉を口にしている。『戦勝は将帥《しようすい》が勝利を信ずるに始まり、敗戦は将帥が敗戦を自認するに因《よ》り生ずるものなり』だ」

十津川が、いうと、亀井が苦笑して、

「その時は、真剣だったんでしょうが、今聞くと、意味が分かりませんね。勝つと思えば勝ち、負けたと思えば負けでは、近代戦はやれないでしょう。しかし、陸軍参謀本部の作戦部長なら、具体的な作戦も、明らかにしなければおかしいんじゃありませんか？」

「君のいう通り、全陸軍の作戦部長だから、具体的作戦も、考えているが、軍事力がないんだから、まるで子供のケンカのような作戦になってしまっている」

「具体的に、どんな作戦ですか？」

「宮崎中将は、戦後、『敵を屈服させる戦法』として、新兵器について書いていて、これは軍事機密になっていた」

「そんなにすごい兵器なんですか？」

「第一が殺人光線による大量殺戮《さつりく》だ」

十津川がいうと、亀井は「ちょっと待ってください」といった。

「当時、殺人光線なんかあったんですか？」

「いや、当時はまだ、マンガの世界だろう」

「他の新兵器も似たようなものですか？」

「本土決戦でも、日本陸軍のモットーは、奇襲であり、白兵戦だ。そこで、その白兵戦をより効果的なものとするため、次の二つの方法を書いている。一つは、斬り込む時、高い音の出る笛を吹いて、相手を恐怖に落とし込む。もう一つは、鬼の面をかぶって、脅すこととあった。これは、軍事機密になっていた」

「しかし、白兵戦の時に、笛を吹くとか、お面をかぶれということでしょう？　それが、新兵器で、軍事機密となると、情けなくなりますね。それなら、例の子供を使ったゲリラ戦の方が、よほど、効果がありますね」

「だから、私は、この永久戦争は、参謀本部が計画したものだと考えているんだ。本土より先に、沖縄が戦場になってしまったので、この作戦が、沖縄で使われたんだとね」

「その前の昭和十九年末に、高山の先のR村で実際の訓練が行われていたというわけですね」

「そうだ」

「しかし、陸軍参謀本部作戦部長の書いたものの中には、載っていないんですね？」

「載っていない」

「書類は、燃やされたわけですね？」

「敗戦の時、日本中が書類を三日間、燃やしつづけたといわれている。子供を使って、アメリカ兵を欺く作戦は、戦後、批判されると考えて、関係書類は、焼却した筈《はず》だよ」

「他にも、さまざまな書類が焼却されたんでしょうね？」

「特に軍関係の書類は、徹底的に燃やされた筈だよ。中には、自分たちに有利な書類や命令書まで燃やしてしまって、東京裁判の時、A級戦犯の弁護に困ったという話もある」

「それで、問題の永久戦争ですが、本土決戦が、現実のものになった時、子供を使ったこのゲリラ戦も、一つの作戦として、取り上げられたんでしょうね？」

「もちろんだし、この作戦は、参謀本部も気に入っていたと思うよ。何しろ、一億総特攻とか、女性にも竹槍の訓練をさせていたわけだから、子供も共に戦うというのは、当時の軍人たちには、否《いや》も応もなく受け入れられたと思うね」

「その訓練の場として、高山のR村が造られたということになりますか？」

「私も、最初は、そう考えた。が、どうやら違うね。R村には、鉄筋の建物が数多く建てられていたようだから、多分、あれは市街戦の訓練用に造られた架空の都市だと思うんだが……。本土決戦になれば、日本の大都市も、当然、戦場になってくる。東京、大阪、名古屋、京都と、全ての都市がね。日本軍は、野戦には、慣れているが市街戦には、慣れていないから、急遽《きゅうきょ》、その訓練のために、R村が造られたと思う」

「そうなると、永久戦争の方は、別に訓練施設が、造られたということになりますね？」

「そうだ。どんな訓練場が造られたか、興味津々なんだ。市街戦も野戦も、文字通り、弾丸が飛び交い、白兵戦もある戦いだが、子供を使ったゲリラ戦の方は、ある地区が、アメリカ軍に占領されてしまったあとに、始まるわけだからね。どんな訓練施設を、造ったのか、それに興味がある」

「今、警部がいわれたように、ある地区が、アメリカ軍に占領されたあとの戦いになるわけでしょう？　太平洋戦争について調べていくと、アメリカ軍の攻撃というのは、生半可じゃありませんね。猛烈な爆撃と、艦砲射撃のあと、侵攻が始まる。そのため、都市は廃墟《はいきょ》になり、郊外は一面の焼け野原になる。隠れている敵兵に対しては、火炎放射器が使われる。そこまで考えて、訓練場が造られていたんでしょうか？」

「君のいう通り、当時の日本陸軍の上の方がどこまで想像力を働かせていたかという問題になってくる。それも的確な想像力をだよ」

「Ｂ29の爆撃のすさまじさもありますね。サイパン、テニアンを占領したアメリカは、そこに、Ｂ29の飛行場を造り、日本本土の空襲を始めたわけですが、本格化したのは、翌昭和二十年に入ってからで、三月十日の空襲では、東京の下町が焼け野原になって、十万人が死んでいます。しかし、日本軍が、本土決戦に向かって動き出した昭和十九年の暮れには、ほとんど、本格的な日本本土爆撃は、行われていません」

「B29による偵察飛行とか、小規模の爆撃だけだが、参謀本部が、それを見て、果たして、昭和二十年三月十日の大空襲や、そのあとの原爆投下まで、想像力を働かせることができたかどうか、それも、興味津々だよ」

と、十津川は、繰り返した。

サイパン、テニアンの陥落で、大本営は本土決戦を覚悟し、それに向かって走り出した。

それまでは、かなり呑気《のんき》に構えていたのだ。

昭和十九年十月に、アメリカ軍がフィリピンのレイテ島に上陸してきた。「レイテ沖海戦」だが、この時、日本軍は、この戦争を最初、「決戦計画・捷《しよう》一号作戦」と呼んだ。

そのため、連合艦隊も参加し、特攻も、この時に、初めて出撃した。ここで、アメリカ軍を叩《たた》き潰せば、この戦争も有利になると読んだからである。日本軍の最大の欠点は、この「決戦主義」だといわれている。

現代戦は、総力戦だといわれている。日本の将校も言葉としては分かっていたが、今までに、体験したことはなかった。典型的なのは、東条首相（兼陸軍大臣）で、総力戦について聞かれると、「国民が、軍人のいう通りに動くこと」と、答えている。他の将校も、同じようなもので、あの山本《やまもと》五十六《いそろく》連合艦隊司令長官でさえ、太平洋戦争に突入する時「大変な戦いで、桶狭間《おけはざま》の戦いと、ひよどり越えと川中島を合わせたような戦いになることを覚悟する必要がある」といっている。つまり、「決戦主義」である。

一つの大きな会戦で勝利すれば、この戦争は勝ちと考えるのだ。日本の将校（陸海軍共）は、全員が、一番好きな戦いを聞かれると、「桶狭間の戦い」と答えている。

なぜ、桶狭間の戦いが好きなのか、理由ははっきりしている。

第一に、少数の信長《のぶなが》軍が、十倍の今川《いまがわ》勢に勝った。

第二に、奇襲で、今川義元《よしもと》の首を取り、勝敗を逆転した。

それまで、織田《おだ》信長方は、次々に、城を攻め落とされて苦戦だったが、桶狭間の奇襲で、ひっくり返したのである。

それまで、負けていても、桶狭間の一つの決戦で、勝ったことになる。これが「決戦主義」である。

日露戦争まで、その考えが通じた。奉天《ほうてん》の会戦で勝ち、日本海海戦で勝って、日露戦争は終わっている。

しかし総力戦では、この決戦主義は、通じないのだ。

第二次世界大戦のクルスクの戦いでは、ソビエト軍百三十万と、ドイツ軍八十万が対決した。その上、ソビエト戦車五千と、ドイツ戦車三千が参加した戦いで、ソビエト軍が勝利した。日本的な決戦主義から見れば、これで、戦争は終わるのだが、実際の独ソ戦は終わらないのだ。クルスクの戦いの間も、ドイツ国内、ソビエトの国内でも、戦車や飛行機を作り続け、若者を一人前の兵士に育てあげるための訓練を続けているから、新しい次の戦線での戦いが始まっている。結局、独ソ戦は、ソビエトがドイツの首都ベルリンまで、攻め込み、ヒトラーが自殺して、ようやく終わるのである。

一つの会戦、それが、どんなに大きな戦いでも、たった一つの会戦で決まらないのが、総力戦の実体である。

それが、日本の将校には分からなかった。

太平洋戦争で、日本軍は、やたらに「決戦」という言葉を叫んでいる。

〝レイテ決戦〟、〝マリアナ決戦〟、〝比島決戦〟、〝沖縄決戦〟、その他、陸軍は日本を七つに分け、千島～北海道を決一号作戦と呼び、東北は決二号作戦、関東は決三号作戦、関西は決四号作戦、四国は決五号作戦、九州は決六号作戦、朝鮮は決七号作戦と、呼んでいた。これ全《すべ》てが、今までは敗北を続けているが、次の決戦では、アメリカ軍を叩き潰して、戦局を有利にという願いが籠《こ》められていたと見るべきだろう。最後まで、決戦主義だったのである。

「しかし、最後は、本土決戦を覚悟したわけでしょう。決戦主義でも、本土決戦が、最後の戦いになったとすれば、ここで、結果的に、決戦主義は、消えたんじゃありませんか？」

と、亀井が、いった。

「だから、沖縄戦から、決戦の文字が消えてしまい、本土決戦のための時間かせぎが沖縄戦の目的になってしまった」

「そんなことにも、沖縄の不幸が感じられますね」

と、亀井がいう。

「実は、沖縄の守備には、もう一師団派遣されることになっていたんだが、本土決戦の方が大事だからと、その派遣は中止されてしまった」

「理由は、何だったんですか？」

「本土決戦の指揮に当たる参謀本部の第一作戦部長宮崎中将が、一個師団の増派中止について次のようにいっている。『沖縄への海上輸送の危険を知りながら、たとえ約束があったからといって、一兵たりとも、惜しむべき本土防衛兵力をみすみす海波の犠牲にすることは自分の理性が納得しない』とね」

「一個師団も、マイナスでは、防衛計画は、変更せざるを得なかったんじゃありませんか?」

「二つ、仕方のない変更があった。第一は、沖縄にあった二つの飛行場を、最初は、確保し、一つを防衛に当てる計画だったが、飛行場は、最初から放棄され、そのため、沖縄の制空権は、初めから、アメリカ軍に握られた。もう一つは、兵士の不足をおぎなうため、中学校の男子生徒を『鉄血勤皇隊』として兵士の代わりに使い、女子生徒は『ひめゆり部隊』をはじめ、看護婦として使い、そのため、千七百八十人の男子生徒の中の八百九十四人が、女子生徒は、五百八十三人の中の三百三十四人が亡くなった。男女中学生の二人に一人が、死亡しているんだ」

「それなのに、日本軍は、沖縄の人々が、信じられず、スパイを送り込んでいたわけですね」

「そのことが現在にも影響を与えていると、私は思っている。戦時中は、本土決戦の時間稼ぎに使われ、今は日本を守るための基地として使われている」

「そこで、高山の旧家の娘、夏川勝子の問題になるんですが、昭和十九年秋の時点で、満州で、従軍看護婦をしていた。それが特別休暇を貰って、高山に帰っていて、R村を見に行き、消息を絶っています。私には、どうしても、この行動自体が疑問に感じられるんですが」

と、亀井がいう。

「どんなところがだ？」

「昭和十九年というと、今、警部が話されたように、軍部が、本土決戦を覚悟した時でしょう？　そんな大事な時に、一人の従軍看護婦に、わざわざ特別休暇を与えて、実家のある高山に帰郷させたというのは、いかにも不自然に思えるんです。その休暇を使って、R村に、チョウを見に行くというのも、なおさら不自然です」

「本当は別の理由で、夏川勝子は、高山に帰っていたと思うのか？」

「そこなんです。それが何なのか、分からないのです」

「当時の資料を読むと、陸軍は、本土決戦を覚悟していたが、海軍と外務省は、すでに和平を考えていたといわれている。例えば和平派の海軍大臣は、高木《たかぎ》という若手の将校に、極秘に、本土決戦の実態を調べさせている。また天皇を補佐する老臣も、秘かに自分の腹心に、満州から日本本土にかけての防衛の実態を調べさせていたといわれている」

「その結果はどうだったんですか?」

「いずれも、日本本土の防衛は、心もとない。石油も、弾丸も不足していて、すぐに尽きてしまうという報告だったので、海軍大臣と外務大臣は、和平の潮時という思いを強くし、天皇も、真剣に和平を考えるようになったといわれている」

「それかもしれませんね」

と、亀井が肯いた。

「夏川勝子の帰郷の目的か?」

「そうです。満州でどんな人間と親しくしていたのか? それを、まず、知りたいですね」

と、亀井がいう。

「実は、私も、君と同じ疑いを持ち始めているんだ」

と、十津川は続けて、

「わざわざ満州から、向こうでも貴重な従軍看護婦を郷里に帰らせ、本人は、呑気に、チョウの収集をしている。時代を考えたら、いかにも不自然だよ。だから私は、あくまでも誰かに命令された行動だと思っている。つまり誰かが本土決戦の為の、準備が本当にできているのかどうか、それを調べさせる為に従軍看護婦の夏川勝子をこれはと思う場所に、派遣して調べさせたんじゃないか。そう、考えているんだ。カメさんと同じだよ」

「一体誰がそんなことを命令したんですか」

亀井刑事が首を傾《かし》げる。

「これは大胆な発想なんだが、その頃日本は一方で本土決戦を唱え、その一方で、別のグループが和平を考えていた。当時の空気としては海軍や外務大臣は、すでに、戦争は絶望的で、何とかして和平に持っていこうとしていた。反対に、陸軍は、本土決戦でアメリカ軍を叩きのめせば何とかなると考えていて、戦争継続だった。しかし、天皇は当時、本当に本土決戦に勝てるのかどうかを知りたくて、信用できる若い将校に秘《ひそ》かに命じて、満州あるいは東南アジアに派遣して、日本軍の実力がどの程度のものかを調べさせている。この若手の将校は、直《ただ》ちに、日本本土全体、あるいは満州・東南アジアに飛び、本当の日本軍の実力を調べて帰ってきて、天皇に報告している。その報告によると、もし決戦ということになれば、外地にいる日本軍は八か月しか耐えられない。武器も、弾薬も八か月で、使い切ってしまう、と報告した。天皇は満州や東南アジアではなくて、日本内地に配置された軍隊はどうなのか、と質問された。その時、満州や東南アジアに配置されている軍隊は、まだ戦闘経験があるし、強さを持っているが、日本内地に配置されている軍隊は現役兵が少なくほとんど役に立たない。天皇は、その時になって真剣に、戦争継続ではなくて和平を考えるようになった、といわれているんだ。それと同じことが夏川勝子にもあったんじゃないか、と私は考えるようになっている」

「若手の将校のように、従軍看護婦の夏川勝子も、天皇が、派遣したということですか」

「いや。それはないと思っている。天皇が秘かに何人もの人間を使うとは考えにくい。当時、海軍は和平に積極的だった。また、心ある幹部軍人たちは、日本は本土決戦などできないと考えていたと思うんだよ。そうした人たちが、日本軍の実態について調べたいと考えて、自分たちの代わりに、目立たない従軍看護婦に目をつけたんじゃないか。高山の旧家に生まれた夏川勝子に依頼して、本土決戦に備えて当時陸軍が、どんな訓練をしているのかを調べさせたんじゃないか。その時が、昭和十九年の八月十九日、『今後採るべき戦争指導大綱』が発表された時だったんじゃないか」

「警部は依頼者を誰と考えておられるんですか？」

「私としては、例えば近衛《このえ》家を考えている。今になると近衛文麿《ふみまろ》という人物はあまり評判が良くない。肝心な時に、軍部に妥協してしまっているからね。しかし彼は、早くからこの戦争はもう勝てない、一刻も早く、和平に持っていくべきだと考えていたからね。秘かに自分の知っている人間を使って、本土決戦の実態を調べさせていたとしても、おかしくはないんだ。それに、近衛家と、高山の旧家・夏川家とはどこかに繋《つな》がりがあるんじゃないか。そんなふうにも考えている」

十津川と、亀井がそんな話をしていると他の刑事たちも、集まってきた。

「沖縄では、永久戦争と称して子供を使ったゲリラ戦を、スパイ学校のプロたちが考えていた、ということになっていますが、警部がいわれた昭和十九年八月十九日に作られた、『今後採るべき戦争指導大綱』には、子供を使ったゲリラ戦法については、何も書かれていないといわれましたね」

と、西本《にしもと》刑事が、いう。

「確かに子供を使った永久戦争については、軍関係の資料は残っていない。前にも話したが、終戦になり、アメリカ軍が三日後に進駐してくることになった時に、日本軍は内地でもそうだが、外地でも、全ての資料・命令書などを焼却することを全軍に命令しているんだ。それから三日間の間、日本全国で、真っ黒な煙が立ち昇ったといわれている。つまり大急ぎで、秘密作戦や命令書を全部焼いてしまっているんだ。特に、子供を使ったゲリラ戦法などというものは、子供を使ったとなれば日本政府の名誉に係《かか》わるからね。この永久戦争についての書類、あるいは命令書は全て焼却されてしまっている、と私は思っているんだ。他にも例えば、航空特攻についての命令書も、三日間にわたって焼却されてしまっている」

「しかし日本海軍と、陸軍の両方で、実際に航空特攻が実行され、多くの若いパイロットたちが亡くなったことは、はっきりしているんじゃありませんか?」

日下《くさか》刑事が言葉をはさむ。

「それは、歴史的事実で、隠しようがないからね。問題は、海軍と陸軍の上層部が、若いパイロットに向かって、命令したかどうかなんだ。特攻を実行した海軍あるいは陸軍の若いパイロットたちの行動は理解できるが、死ぬことを命令したとなると、人道に外《はず》れてしまう。

決死の攻撃と、必死の攻撃とは、戦いの方法が違う。従って作戦の変更だから、天皇への報告が、必要なんだ。しかし、陸軍大臣はとうとう天皇の裁可を申請できなかった。何しろ、『戦ってこい』という命令を出すんじゃなくて、『死んでこい』という命令を出すんだからね。どんな人間だって、他人に対して『死ね』と命令することは、できない。陸軍大臣も、そのことを天皇に報告できなかったということだ。

だから、今も、全ての特攻が命令ではなくて志願であった。志願した若者だけが体当たりをした、ということになっている。同じように、戦時中無理な命令を指示した命令書は全て、焼却されてしまっているはずだ」

と、十津川が言った。

「例えばどんな命令書が、焼却されたんでしょうか」

北条早苗《ほうじようさなえ》刑事がきいた。

「私自身だって戦後の生まれだから、詳しいことは知らないが、例えばB29が撃墜されてパラシュートで脱出して、捕虜になったパイロットたちがいる。そのパイロットたちの何人かは、戦争中に処刑された。戦後、そのことで誰が命令したのかが問題になった。処刑の命令書は焼却してしまっていても、実行したことは、隠しようがない。米英を中心とした連合軍は戦後進駐すると、その裁判に関係した、日本の兵士や士官を逮捕して、改めて連合軍側の裁判にかけた。日本という国は、命令書がなければ何もできない。その命令書は焼却されてなくなったが、アメリカ兵のパイロットの処刑を、命令した人間はいる。進駐してきた連合軍はパイロットの処刑を命令した軍人を処刑することにした。そこで、問題が、起きた。

裁判長に対して、処刑を命令した軍人は、次のように弁明した。日本の場合は、中央が命令して現地部隊が実行する。問題のアメリカ軍パイロットの処刑も中央つまり、大本営が命令して、現地の軍人が処刑を行った。だから自分は、命令を実行しただけで、責任は中央にある。つまり、大本営かあるいは、海軍軍令部・陸軍参謀本部にある。そういって弁明をした。それで揉《も》めたんだよ。本当に誰が命令したのか。つまり、命令書がなくなってしまっているから、分からなくなっているのだ」

三田村《みたむら》刑事がきく。

「警部は、夏川勝子について、何を調べたい訳ですか？」

「夏川勝子の行動が、どうにも、解《げ》せないから、何の為に戦争末期に、満州から日本内地に戻ってきて、わざわざ、高山の奥の、R村について、調べていたのか。それを知りたい。もちろん既に、年齢的には亡くなっている可能性が強いから、その時の行動を日記にでも残してあれば、ぜひ、読みたいと思っている」

「他にもありますか？」

「それは、なぜ子供を使った永久戦争なるものを、大本営、あるいは日本陸軍参謀本部が、考え、それを訓練し、沖縄で実行したのか、だね」

「沖縄だから、実行したんでしょうか？」

三田村刑事がきく。確かにその問題があったなと十津川は、思った。

「もちろんそのことも知りたいね。日本本土でも、子供を使ったゲリラ戦を展開するつもりだったのか。たまたま、沖縄だから、実行したのか」

「沖縄だから、実行したんじゃないか。そんな気がします」

といったのは、北条早苗刑事だった。

「どうしてそう思うんだ」

「沖縄について、色々な本を読んでいくと、同じ日本でも、沖縄は、特別だという気がしてくるんです。我々も含めて、一般の日本人は天照大神《あまてらすおおみかみ》の神話以来、延々と続く、天皇の下で日本人として生きてきました。しかし沖縄の人は違いますね。彼らは神道の下で育った人たちじゃないんです。独立した国家を持ち、その国家は四百五十年も続いた王朝を持っていたんです。従って沖縄人が独立を考えても、おかしくはない。二千年近く続いた日本の神道の国に生まれてきた訳じゃありませんから」

「確かに、沖縄について我々は色々と特別な感情を持っている。偏見といってもいい。例えば私なんかは、私が生まれた時には、戦争は終わっていた。一九七二年までは沖縄は日本の領土ではなかった。とにかく沖縄に行くのに、パスポートが、必要だったからね。だから私は日本の領土は、与論島《よろん》が南の端だと思っていた。パスポートなしで行けたのは、与論島まで、だったんだ。今、我々は、平気で沖縄は日本の領土であり、日本は、沖縄を守るといっているが、実際には、沖縄のことをよく知らず、沖縄のことを『琉球』といっていたんだ。つまり外国の感覚なんだ。また、沖縄戦が始まる前に、日本軍は、沖縄の人たち、琉球の人々を、信用できなくてスパイ学校のプロを配して、沖縄人をスパイさせ、最後には、子供を使ったゲリラ戦を行った。普通に考えれば、ヒューマニズムに欠ける戦術だ。一つの戦闘で日本軍は、全滅し、アメリカ兵は勝利して、ほっとしている。そこに子供たちが、現れる。十歳前後の子供たちだ。怯《おび》えながら、アメリカ兵に声をかける。『ハロー』と。人のいいアメリカ兵は、その子供たちを抱きあげ、菓子をくれる。子供はふるえている。それを、もう怖がらなくてもいいと、アメリカ兵は、笑いかける。しかし、その子が、ふるえているのは、演技なのだ。

『夕方、遊びに行ってもいいか?』と、子供がきく。アメリカ兵は、笑顔で、歓迎するといい、基地で、子供たちを喜ばせるように、飾りつけをして待っている。そこへ、子供たちが現れるが、その時子供たちは恐ろしい爆弾を隠し持っているのだ」

「この戦術は、許せませんね」

と、亀井が、いう。

十津川は、肯《うなず》きながらも、

「私にとって、唯一の救いは、沖縄の子供だから、やらせたのではなくて、本土決戦の準備として、本土で子供の訓練をしていたのではないかと思ったからだ。だから、何とかして、訓練の実態をつかみたい」

十津川は、強い口調で、いった。

「さし当たって、二つですね。R村の近くにあるかもしれない子供の訓練場を見つけ出すことと、夏川勝子の当時の帰郷の目的を明らかにすることですね」

亀井が、結論のようにいった。

2

十津川は、刑事たちを二つに分けて、同時に調べることにした。

十津川と亀井は、高山警察署や、市役所に行き、夏川勝子の家柄と、彼女個人について聞き回った。

他の刑事たちは、まず、高山周辺の航空写真を手に入れた。

しかし、子供たちの訓練場だったと思われる地区は見つからない。

そこで、昭和十九年頃の地図を手に入れ、現在の航空写真と違う場所を、重点的に調べていくことにした。

十津川は、旧家の夏川家が、近衛家と繋がりがあるのではないかと考えたのだが、これは、すぐ、繋がりのないことが、分かった。

ただ、夏川家は、高山の旧家なのだが、昭和七、八年頃の当主は、しきりに、新天地の満州に目を向けていたことが、分かった。

(単なる旧家というだけで終わりたくない)

と、考えたらしい。

昭和十年には、満州国のハルビンに、「夏川グループ」という会社を設立していたことが分かった。

今となっては、その会社が何をやっていたのか、はっきりしないが、戦時中にかけて、この「夏川グループ」と関係があった人物の名前は、分かった。

石原莞爾《いしはらかんじ》関東軍参謀
甘粕正彦《あまかすまさひこ》満州映画協会理事長
満州国皇帝溥儀《ふぎ》

と、いった名前が、ずらりと並んでいた。

特に、溥儀の名前が、何回か出てくるのは、夏川家が旧家なので、溥儀と気脈を通じていたのかもしれない。

夏川勝子が、従軍看護婦なのに、中国や東南アジアの前線に派遣されず、満州国内にとどまっていたのも、こうした人間関係のせいかもしれなかった。

「昭和十九年末頃、日本の敗北が、必至と思われていた。その頃、日本がどうなるかを一番心配していたのは、満州国皇帝の溥儀だろうね。日本が負ければ、間違いなく追放されるし、下手をすれば中国を裏切ったとして、処刑されかねないからね」

と、十津川が、いった。

「それでは、夏川勝子に、昭和十九年末の日本軍の実態を調べさせたのは、満州国皇帝の溥儀でしょうか？」

と、亀井が、きいた。

「その頃、一番、自分の運命、それは、日本の運命でもあるんだが、それを気にしていたのは、溥儀だろうね。だが日本の軍人には相談できない。関東軍はいわば、監視役だからね」

と、十津川は、答えた。

第四章

謎の訓練基地

1

戦争末期の日本軍が、子供を使ってのゲリラ戦を一つの戦術として考え、子供たちを訓練していた問題について、それを明らかにすることは、見方によっては簡単だが、同時に難しいともいえる。

簡単だと思う理由は、殺された浅野真治が残そうとしていた原稿の内容を、出版社社長郷田から聞いていたからだ。子供を使ってのゲリラ戦は、すでに、沖縄戦で実行され、どんな形のものかある程度分かっていたからである。

難しいと思う理由は、この戦術が訓練され、実行されたという証拠を見つけることは、ほぼ不可能ということである。

終戦の時、連合軍が、日本に進駐してくるまでの三日間に、全《すべ》ての書類は、焼却すべしという命令が出ていたからである。

そのため、東京裁判の時、戦犯の弁護に必要な書類まで燃やされてしまっていて、弁護側は、検察側から、資料を借りたという話まであるのだ。

子供を使ってのゲリラ戦は、連合国から非人道的と糾弾されるおそれがあったから、それに関係する資料は、特に念入りに焼却されてしまった可能性が高い。

実際に、十津川たちが、懸命に探してもなかなか、見つからないのである。

東京裁判の時、アメリカ人の検事から、この問題については、法廷に持ち出されることはなかった。これは、アメリカ人の検事が、この問題を軽視したからではなく、法廷に持ち出すだけの証拠がなかったからだと、十津川は、見ていた。

状況証拠はあるのだ。二枚の写真である。

一枚は、沖縄戦が、アメリカの勝利で、終わりを告げたあと、子供たちが、ニコニコ笑いながら、洞窟《どうくつ》から出てくれば、アメリカ兵は、それを平和の象徴と受け取って歓迎する。子供たちに、菓子を与える。それを、アメリカ軍の従軍カメラマンが喜んでカメラにおさめる。

もう一枚は、その夜、菓子を与えたアメリカ兵の基地が、爆破され、多くの死傷者が出る。それを、カメラマンが、写真に撮った。

この二つの写真を並べて新聞に載せたら、見る人は、どう受け取るだろうか？

戦争だから、嬉《うれ》しいこともあれば、悲しいこともあると、平凡に受け取る人が、大半だろう。

ごくわずかな人が、この二枚の写真は、つながっていて、子供を使ったゲリラ戦だと考えるだろう。

今は、戦後である。

笑顔の子供の写真は、どう考えても、米兵の死傷と結びつかない。

しかし、今の十津川は、少しばかり立場が違う。東京から、夏川えりは、依然として自宅には戻っておらず、消息もつかめていないという連絡があった。この行方不明になった一人の女性を見つけ出す仕事がある。

そのためには、二つの写真に関係があるという明らかな証拠が必要なのだ。

十津川は、二つの写真を結びつける証拠を探している。

このゲリラ戦の採用が決まったのは、昭和十九年八月に大本営が、「今後採るべき戦争指導大綱」を発表し、本格的に、本土決戦への作戦計画が作られた時だろう。

参謀本部では、特攻作戦を主とした防衛計画を立てていたが、陸軍のスパイ学校の卒業生たちは、最後の手段として、子供を使ったゲリラ戦を計画していたのではないのか。

十津川の想像では、飛騨《ひだ》高山の奥に、焼け跡を造り、そこに子供たちを集め、ゲリラ戦の訓練が行われ、指導者は、それを「永久戦争」と呼び、一時的に日本が敗北しても永久に戦争が続く限り、将来に勝利が見えると考えていたのではないのか？

十津川は、何とかして、訓練が行われたことを証明したいと思っている。

2

高山の町から離れた山奥のR村を丹念に調べた結果、新たにまた別の廃墟《はいきょ》が見つかった。ここもまた爆撃によって、焼土と化した町を再現したと思われる場所である。今は、雑草が、生い茂っていたが、その雑草がなければ見事なほどの、爆撃にあった焼け跡の再現だった。

更に、その広場の一角に、朽ち果てた木造の建物があった。長い間、使われなかったために文字通り崩れていて、何のために、建てられたのか分からない。

十津川は、その建物は、寄宿舎で、全国から集めた子供たちを、そこで寝起きさせ、訓練をしていたのではないかと、思うのだが、証拠はないのだ。

十津川は、亀井を連れて、防衛省に行き太平洋戦争に関する文書を見せて貰《もら》った。

しかし、文書の端から端まで読んでも、子供を使ったゲリラ戦についてのものは、見つからなかった。

ただ、太平洋戦争で亡くなった将兵の手帳は、数多く残っていた。もちろん、持ち主と家族が分かったものは、遺族に返されたが、それでも、残っている手帳の数は、二千を超していた。

太平洋戦争で、アメリカ兵が驚いたのは、日本側は、将校でも兵士でも、必ずといっていいほど、手帳を持ち、細かい字で、自分が参加した作戦について、書いていることだったという。

アメリカ軍の記録によると、日本兵は逮捕されると、自殺を図ったり、沈黙を守ったりするのだが、面白いのは将兵が、一人残らず、日記をつけていて、中には平気で、次の作戦について記している将兵の手帳も数多く、押収したということだ。その手帳には、部隊の秘密が書きつけられているので、手帳の言葉を参考にして、日本軍を待ち伏せして、一個小隊を全滅させたこともあると書かれていた。

十津川は、防衛省に保管されている手帳を亀井と二人で一冊ずつ、根気よく目を通していき、やっと役に立つものを発見した。

一冊のうす汚れた手帳である。

手帳の持ち主の名前も、位官も分からない。

昭和二十年六月二十三日
今日で、沖縄における正式な戦闘は終了した。アメリカ兵は、ほっとしているだろうが、おれの戦闘は、まだ終わってない。いやおれが、本土で訓練を受けた、いや訓練した戦闘はこれからだ。武器になる子供は三人。おれと一緒に南部の洞窟《どうくつ》に隠れている。出撃は明日の予定。

昭和二十年六月二十四日　午前十時
三人のうちのサダスケを出撃させる。一番、度胸のある奴《やつ》だ。見送ってから、おれは、その成果を見ていた。一時間たっても戻ってこない時は、失敗と見て、敵の攻撃から逃れるために、洞窟を移動しなければならないのだ。
四十五分後、サダスケは、戻ってきた。海岸近くでアメリカ兵にぶつかり、訓練通り笑って「今日は《ハロー》」と声をかけたところ、そのアメリカ兵は、想定通り、ニコニコ笑い、お菓子を沢山くれたという。「大事なことをきいたか？」と言うと、サダスケは、紙切れを、見せた。アメリカ兵が書いた、部隊の所在地の地図だった。
おれが、「お前が、あとで部隊に遊びに行きたいといったら、この地図を描いてくれたのか？」ときくと、サダスケは、いざとなると、訓練された言葉が出てこなかったという。くやしくて、泣いていたら、アメリカ兵が勝手に、寂しいなら、暗くなったら、私の基地《ベース》に遊びに来いといって、地図を描いてくれたのだという。おれは、訓練を考え直した。黙って、泣いていれば、人のいいアメリカ兵は、勝手に、遊びに来いと言うのだ。

この日、暗くなってから、おれは、サダスケを連れて出撃した。

離れて前を行くサダスケが、アメリカ兵のベースに入っていくのを確認してから、用意してきた時限爆弾のスイッチを入れ、ベースの建物の床下に滑り込ませてから、鳥笛を鳴らした。

三十分で、爆発するという合図だ。ベースは、賑《にぎ》やかだ。ギターが鳴り、アメリカ兵の誰かが、歌っている。

十五、六分して、サダスケが、ベースから出てきた。おれは、「逃げろ!」と叫んで駆け出した。サダスケも、走る。

そして、爆発した。

このあと、記述はない。

多分、次の戦いに失敗し、戦死したのだろう。

これで、子供を使ったゲリラ戦が、沖縄で、実行されたことが、はっきりした。

次は、この永久戦争の訓練である。

果たして、高山の奥にあった秘密基地と思われる場所で、訓練が行われたのか？

この手記によれば、集めた子供について、次のように、描かれていた。


サダスケは、十二歳だが、小柄で、眼《め》が大きく、八、九歳にしか見えない。武器として、使うのに適しているのは、十二、三歳だが、八、九歳に見える子供がこのゲリラ戦では有効である。


ゲリラ戦の武器になった子供たちは、今、どうしているのか。十二、三歳とすると、現在は、八十代である。まだ、何人かは、生存しているだろうから話を聞きたいが、どうやって捜したらいいのかが分からない。

もう一つの問題は、誰でもいいから、十歳前後の子供をかき集めて、訓練したとは、思えない。多分、兵器にする子供たちを、何かの基準で集めたのだろうと、十津川は考えた。

その基準は、いったい、どんなものだったのか？

十津川はまた高山に戻り、R村の雑草を、残らず、刈りとることから始めた。

雑草を除去すると、改めて、見事に造られた焼け跡だと、十津川は、感心した。

木造の家とコンクリートの構造物、これは、当時の日本の町の様子をそのまま、この山奥に再現したものだ、ということが、よくわかった。昭和十九年とすると、まだ、B29による本格的な爆撃は、始まっていない。それなのに、十津川が写真や絵で見る焼け跡と、ほとんど、同じなのだ。

そのことに、十津川は、複雑な思いにとらわれた。

十津川は、当初、ここは市街戦を想定した訓練場と思っていたが、それは違う、と気付いた。ここは、市街地の焼跡をあえて作ったものだったのだ。

軍人たちは、爆撃機による大爆撃が、どんな惨禍《さんか》を招くか、よく知っていたのである。

昭和二十年三月十日のB29の爆撃によって、東京の下町は、廃墟と化し、十万人の人々が死んでいる。

それを知る前に、陸軍の幹部は、爆撃による廃墟を造ったのだ。見事な廃墟である。

当時、爆撃によって、都市がどうなるのか。どれだけの惨禍を受けるものかは、軍人たちは知っていた。それなのに、なぜ、戦争を止《や》めようとしなかったのか？

そんなことを考えてしまうほどの見事な焼け跡の姿だった。

十津川は、集まった刑事たちに、問題の子供らが成長して、八十歳過ぎの老人になっているから、何とかして、一人でも、二人でもいいから捜して、連れてこいと指示した。

十津川と亀井は、もう一度、高山の奥にあるR村を見に行った。

亀井が、広い空地を見回して、

「広いですね」

と、何度目かの嘆声をあげた。

十津川も、見回してから、

「どうして、この広大な地域が、今まで、誰にも、知られずに、いたんだろうか。高山の町から、かなり離れているが、ゴルフが全盛な頃には、周辺にゴルフ場を造った筈《はず》だ。それでもここは、どうして、焼け跡のままなんだ？」

そこで、十津川は県庁に電話を掛けて、この訓練基地の場所が今までどうして空き地として問題にならなかったのか、この土地の所有権は誰が持っているのかを聞いてみた。ところが奇妙な返事が戻ってきた。

　十津川の質問に答えてくれたのは、県の副知事だった。彼はこんな話をした。

「戦後、あの広い空き地ですが、所有権を主張した人も、居るんですよ。ところが、何日かするとあれは間違いで、所有権は私にはありませんと、何故《なぜ》か分かりませんが辞退するんです。詳しく話を聞いてみると地主と名乗ってきた老人が、あの空き地に夜、一人で入ってみたそうです。そうしたら、子供の泣き声が聞こえたと言うんですよ。それがいかにも悲しそうな、悲鳴に似た声だった。最初は気のせいかと思ったが、あの土地に入るたびに、決まって子供の泣き声が聞こえる。気持ちが悪くなったので辞退する、と言うんです」

「すると、あの空き地には所有者は居ないんですか？」

「今は居ないことになっています。私も妙な話を聞いたので、県庁の若い職員を連れて、念の為にあの空き地に行って夜、テントを張って寝てみました。そうしたら、聞こえました。あれは間違いなく子供の泣き声ですよ。同行した若い職員も、震え上がってしまいましてね。そんなことで所有者が名乗り出てこないので、一応、県の物になっています。気味が悪いことが広まって、青少年の為のキャンプ場を、造ろうとしても、反対の声があがって結局何も造らずに今に至っています。警察はあそこで、何か見つけたんですか？」

逆に副知事がきく。

「現在、所有者は、いないと分かりましたが、その前に、あの土地の所有者だった人は、分かりますか？」

「分かりますよ」

「できれば、昭和十九年から二十年にかけてのあの土地の所有者の名前を知りたいんです。軍が訓練に使っていたことは分かっていますが」

「その頃の所有者は、榊原《さかきばら》さんという人で、この人も戦争が終わってすぐの頃にあの土地は自分の物だと、主張していたんですが、いつの頃からか、所有権を、放棄してしまいました。この人は既に亡くなっていますが長男に当たる人は、昭和十九年頃、陸軍に貸していた。戦争が終わったので返還して貰った。ところが、あそこに行くと悲しげな子供の泣き声がするので、すっかり怖くなって、所有権を、放棄してしまった。榊原さんのお子さん、といっても既に高齢のご夫婦ですが、所有権を放棄した理由についてそう言っていて、誰もが子供の泣き声がすると言うんです」

その榊原家が、高山市内に住んでいると聞き、十津川と亀井は、高山市に戻って、家を訪ねた。

榊原家も、夏川家と同じで、高山市では、旧家に属する家系だった。榊原家は現在、高山市内で、建築業を営んでいた。十津川たちが会ったのは、長男夫婦である。といっても、既に八十歳に近かった。夫婦は、戦争中は大地主だったという父親の写真を、見せてくれた。

「それであの土地なんですが、周辺も、榊原家の所有でした。昭和十九年の九月頃突然、陸軍の師団長がやってきて、あの土地を陸軍の訓練場にしたいから、貸して貰いたい。もちろん、それ相応の賃貸料は、払うと言われて、父は承諾したというのです」

「お父さんは、どんな訓練基地ができるのか、聞いていたんですか？」

「これも、父の話ですが軍の秘密なので、どんな訓練をするかは、話せないと言われたそうです。しかし、関心があったので密《ひそ》かに、訓練基地を見に行ったことがあったそうです」

昭和十九年九月頃といえば、大本営が今後の戦争計画を立案して発表した時である。その時に、子供を使ったゲリラ戦の戦術も、採用されて、その為の訓練基地を、あの場所に造ることにしたのだろう。

「お父さんは興味があって密かに見に行ったそうですが、どんな物を見たか話されましたか」

「あの土地は戦争中はうちで、さつまいもを作っていました。父が密かに見に行ったところ、さつまいも畑は消えてしまっていて、コンクリートのビルや、木造の家などが、建っていて、まるで、あそこに小さな町を、造っているような気がしたと、父は言っていました。あんな所に誰が住むのか、分からなくて、もう一度見に行ったところ、今度は造った家々、あるいはビルを、爆薬を使って、爆破していたそうです。それだけでなくて木造の家々には、火がつけられて大火災になっていたそうです。訳が分からなかったと、父は言っていました。せっかく造った町を、どうして、爆弾や火で、壊してしまうのか、あれで、何をするつもりなのか全く分からなかったと言っていました」

「それで、どんな訓練が行われていたかは、お父さんは、結局分からなかった訳ですか」

「訓練そのものを見たくて、焼け跡になってしまった場所にもう一度、密かに見に行ったそうです。そうしたら、訓練は行われていませんでしたが、焼け野原の片隅に寄宿舎のような物が建っていて、子供の声が聞こえた、と言っていました」

「それで、お父さんは、どんな感想を、持っていたんですか？」

亀井がきいた。

「父は、ここで疎開児童を引き受けて、勉強させるのではないかと、思ったそうです。ただ町を造って、その町を、壊してしまった。それがどうにも分からないとは、言っていましたが」

榊原は、言った。

「確認しますが、お父さんは、焼け跡を見に行って、そこに寄宿舎が造られ、子供の声が聞こえたと言っていたんですね？」

「その通りですが、戦後になってあの土地を返してもらった後、子供の泣き声が聞こえて気味が悪いので、放棄してしまったと言っていましたが、たぶん、戦争中の記憶とごちゃ混ぜになっていたんじゃないかと思うんです。寄宿舎があって子供の声が、聞こえた、その後すぐ戦争は終わってしまい、今度は、子供の泣き声が聞こえたと言う。父からこの話を聞いた頃、父はかなりの年になっていましたから」

と息子夫婦は言った。

「あの土地が正式に返却されたのは、いつですか？」

「昭和二十年の十月頃だったと思います。父は戦後の食糧不足を見て、昔、さつまいも畑だったあの土地を、早く返却して貰って、もう一度さつまいもを、植えるつもりだったらしいんですが、その時には返還の手続きがまだ終わっていないので、すぐには、返却できないと言われて、父は怒っていたといいます。結局、十月になってから返却された訳ですが、例の子供の泣き声のことがあって、父はあの土地を、手放してしまったんです」

3

問題の子供たちを探し出そうと、刑事たちはまず、高山周辺から調べ、その範囲を広げていった。それでもなかなか問題の少年の戦後を知っている人も、本人も見つからなかった。十津川たちが動き出してから十日後、刑事たちは、二人一組のコンビを組んで動いていたのだが、三田村刑事と北条早苗刑事のコンビが富山市内の孤児院で、関係がありそうな噂《うわさ》を聞いてきた。

孤児院は、戦争孤児を収容する為に造られ『太陽の家』という名前がついていた。その後、孤児院という名前はなくなり、児童養護施設として、家庭問題で家出をした少年少女を、収容するようになった。そこで、戦争直後に自殺者が二人も出たというのである。そこで所長から、二人の少年の話を聞いた。彼らの名前は米村健太《よねむらけんた》と橋本勝《はしもとまさる》。所長の話によれば、この二人は、戦後間もなく出来たこの孤児院に収容された時には同じ十一歳だが、五年目に相ついで自殺したのだという。

「その二人の少年はいわゆる戦争孤児だった訳ですね」

三田村がきくと所長は、

「正確には、違います。戦争中に二人の父親は、兵士としてニューギニアで戦死しているんです。そのあと母親も亡くなって、昭和十九年には二人は遠い親戚に引き取られていた。ですから戦争で、孤児になったというよりも、戦争中に既に、孤児になっていたわけです」

と言う。

「われわれが探しているのは、高山の北のR村に造られた陸軍の訓練所で、昭和十九年から二十年にかけて、ゲリラ戦の訓練を受けた少年、というより子供なのです。この二人は、それに該当しますか？」

と、三田村が、きいた。

「その頃は、初代の所長が、終戦直後に造った孤児院を運営していたんですが、収容された少年、少女について細かい観察記録を残しています。その記録によると、自殺した二人の少年については、次のように記しています。

『二人は終戦直後に収容され、アメリカ兵との接触がない筈なのに、英語を話したり、寝言で英語を叫んだりしている。年齢は、二人とも十一歳だったが、年より幼く見えた。頭が良さそうなので期待していたが、五年後の昭和二十五年に相ついで自殺してしまった。遺書はなかったが、いずれも、アメリカ兵が慰問に来た直後に、自殺している。慰問に来たアメリカ兵はいずれも大男で、彼らが孤児たちに、持参したケーキを渡した時、孤児たちは、大喜びだったが、二人の少年は、アメリカ兵に抱かれた時、ふるえていた』

これが初代所長の残した観察記録です」

「昭和二十五年というと、朝鮮戦争が始まった年ですね」

「そうです」

「この孤児院に慰問に来たときは、彼らが、朝鮮に出兵する頃でしたか?」

「アメリカ兵がこの孤児院の近くにアメリカ軍のベースがあって、時々、孤児たちを慰問に来て、ケーキや、おもちゃをくれていたんです。そのベースのアメリカ兵が、いよいよ朝鮮に行くというので、この孤児院に寄ってくれたんです」

「戦争に行くんなら、いつもと態度や雰囲気は違っていたんじゃありませんか?」

「そうですね。そのまま、朝鮮に行くというので軍装でしたし、緊張していたと思いますね」

「だから、抱かれて、ふるえたのかもしれませんね」

「しかし、二人以外の孤児たちは、楽しそうでしたがね。初代の所長は、そう記録しています」

と、今の所長は、いう。

三田村刑事と、北条早苗刑事は、所長の言葉を、そのまま、十津川に伝えた。

「自殺した二人の少年が、戦後、孤児になったのではなく、戦争中から孤児だったというのが引っかかりました」

と、三田村が、いった。

その言葉に合わせるように北条刑事が、

「戦争中に孤児になった少年、子供を訓練所に集めていたんじゃありませんか。家族がいなければ、喜んで訓練所に集まってくるでしょうし、ゲリラ戦で死んでも、文句をいったり悲しんだりする家族はいませんから、使いやすかったかもしれません」

と、いった。

十津川も、二人の刑事の考えに同調した。

十津川は、今まで「永久戦争」を主張する連中は、子供たちをどうやって選ぶのだろうかと、考えていたのである。

年齢より幼く見える子供とか、なるべく可愛《かわい》らしく見える子供とか、主として外見を考えていたのだが、一番、使いやすいのは、親のいない孤児だと思った。

特に、父親をアメリカ軍との戦闘で殺されている孤児なら、喜んで、奇妙な戦争に参加するだろう。

十津川たちは、全国の孤児院に電話した。

その結果、いくつかの孤児院で、同じような事件が起きているのが、分かった。

終戦直後、役場から、孤児で十歳前後の少年を預けられた孤児院で、朝鮮戦争が始まった頃、彼らが相ついで、自殺していることが分かったのである。

ここにきて、十津川は確信した。終戦間際に考えられた「永久戦争」の仕組みが分かってきたのである。その頃日本は、一億総特攻を叫んでいた。兵士には、玉砕を命じ、女性には竹槍《たけやり》を使えと命じた。そして死ぬ。最後には子供たちが生き残る。その子供たちには、子供の可愛らしさを利用してアメリカ兵に近づき殺す訓練をほどこす。その子供たちの何パーセントかは、生き残り、大人になり子供を作る。大人は特攻となり子供たちはゲリラの戦士になる。それが、「永久戦争」の本当の姿ではないのか。子供の戦士をどうやって選ぶのか分からなかったが、最初に訓練された子供たちは孤児たちと分かった。戦後になって、孤児が生まれたのではなくて戦争中から孤児はいた。父親は戦死し、母親も死んだ。子供だけが残された。その中から陸軍が、父親をアメリカ兵に殺された可愛らしい子供を選び、訓練し、そしてゲリラ戦の戦士に仕立てた。本土でも、アメリカ軍が、上陸してくれば、子供たちを使ってゲリラ戦を、展開する筈だったに違いない。沖縄では本土決戦の前に実際に子供たちを使ったゲリラ戦が行われた。

今、十津川が欲しいのは、その証拠だった。昭和十九年末から二十年にかけて孤児になった子供たちを集め、高山市の奥のR村に造られた戦闘訓練所で訓練した。これは、今までになかった新しい戦術である。戦術の変更の場合は、中央（大本営）の命令が必要で、命令書が作られた筈である。その命令書は、たぶん焼却処分になっただろうが、ひょっとして、命令された兵士が、彼の勝手な思惑で、燃やさずに、隠し持っていたかもしれない。できればその命令書を手に入れたかった。

十津川は、命令書を求めて、防衛省へ行き、国会図書館に行き、最後には、訓練所があったと思われる高山市の北に住む旧家といわれる家を訪ねて訓練の模様、あるいはその訓練について書かれた命令書がないかどうかを聞いて回った。どの旧家でも、けんもほろろだった。平和な今から見れば、十歳前後の子供を使ったゲリラ戦は、異様であり、正気とは思えないから、そんな戦いについて、知っているとか、命令書があるとは、死んでも、口にできないのだろう。

十津川は、別の理由からも、命令書のような証拠が、欲しかった。

それは、十津川が、この「永久戦争」事件に関係することになった三鷹の団地で起きた殺人事件である。

古びた団地に、ひとりで住んでいた七十二歳の浅野真治が青酸カリ中毒死した殺人事件である。

家族も友人もいない、生活保護を受けていた老人の死だった。

最初、十津川たちは、最近多くなった老人の孤独死だろうと思って、捜査を始めたのだが、その捜査線上で、今回の「永久戦争」に、ぶつかったのだった。

浅野真治の父親、浅野真太郎は、永久戦争と呼ばれる子供を使った奇妙なゲリラ戦を、仲間と一緒に作りあげ、子供たちを訓練し、沖縄では実戦に使った。そのことを、父親から聞いていた浅野真治は、原稿に書き、本にしようとしていた。

どうやら、それが原因で、浅野真治は、青酸カリを使って、何者かに殺されたらしいと分かってきた。

戦後生まれの十津川にとっては、考えられないことだったが、戦争末期、本土決戦のための兵士が不足していたので、十七歳から徴兵にとることが、できるようにした。今の高校三年だろう。十五、十六歳でも、志願なら、兵士にできるので、少年兵が生まれ、沖縄では、鉄血勤皇隊として、十五、六歳の少年も、戦いに使った。それだけでも異常なのに、もっと幼い子供たちまで、「永久戦争」に投入したのである。

他にも、今回の事件で、その行方を捜している夏川えりがいる。

十津川は、夏川えりに会ってはいないのだが、彼女は、高山市の北のR村に戦争中に造られていたゲリラ戦の訓練基地に入り込んだまま、行方不明になってしまっている。彼女も、捜し出さなければならない。ひょっとすると、彼女も浅野真治のように殺されている可能性がある。

更にいえば、彼女の祖母、夏川勝子のことがある。

夏川勝子は、戦争末期、従軍看護婦の身分で、休暇を貰《もら》って、高山に来ていたが、どうやら、R村に行ったまま、夏川えりと同じように、行方不明になったといわれている。

夏川勝子の場合は、「永久戦争」とは関係がないと思われるし、現在、年齢から考えて、死亡しているだろうと、思われるのだが、「本土決戦」という事件でくれば、現在の捜査に、つながってくるのである。

もう一つ、十津川が重視するのは、「永久戦争」の戦士に仕立てあげられた子供たちの戦後である。

戦争末期に、孤児になった子供たちを集めて、訓練していた。

その中の何人かが、沖縄でゲリラ戦に使われた。

全部で、何人の子供が、訓練を受けたのか？

そして、戦後は、どうなったのか？

戦後、戦災孤児を収容するための孤児院が日本の各地に作られている。

「永久戦争」の戦士たちも、そうした孤児院に引き取られていたのではないか。

ところが、昭和二十五年に、朝鮮戦争が始まった時に、彼らの何人かが、いい合わせたように、自殺していた。

自殺者を出した孤児院に、十津川は、刑事を向かわせ、自殺の原因を調べさせた。

その一つ、三人の自殺者が出た熱海《あたみ》にある孤児院に行った、三田村と、北条早苗刑事の二人は、まず、その孤児院の院長に会った。

孤児院は、昭和二十年十月、敗戦の年に、設けられた。

熱海に住む資産家が、川沿いに住む孤児たちを見て設けたものだった。

現在の院長は二代目で、昭和二十五年当時、この孤児院をやっていた先代から聞いたことと断って、話してくれた。

「この熱海にも、終戦直後にアメリカ軍が入ってきて、基地《ベース》を作っていましたよ。うちの孤児院ができたのは、二十年の十月十六日で、アメリカ兵のベースは、すでにできていました。背の高い、若い兵士ばかりでしたが、気のいい連中で、うちが食糧に困っているのを知って、パンや缶詰を沢山持って、よく、慰問に来てくれましたよ」

「その頃、問題の孤児は、こちらに入っていたんですか？」

「はい、うちができると同時に、三人とも収容しました」

「それから、昭和二十五年の朝鮮戦争の時まで、三人に、問題は、起きなかったんですか？」

「アメリカ兵とですか？」

「そうです。問題を起こしたりはしていませんか？」

「ありませんね。問題の三人は、他の孤児に比べて、なぜか英語が達者で、アメリカ兵に話しかけていて、その上、いつもニコニコしているので、アメリカ兵に人気がありましたよ」

「それが、どうして、朝鮮戦争の時、自殺してしまったんでしょうか?」

「今いった基地のアメリカ兵たちが、急に朝鮮に行くことになって、仲良しになった子供らに、お別れに寄ったんです。そのまますぐ釜山《プサン》へ行くというので、戦闘服で銃を持っていました。子供たちが、その銃に触ったりして、はしゃいでいて、アメリカ兵の方も、ふざけて、銃を撃つまねをしたりしてましてね。ただ、その時、問題の三人が、引きつった表情になっていたんですよ。アメリカ兵は、ふざけて銃を構えているのに、三人は、真っ青になっていましてね。その翌日、三人とも、首を吊《つ》って死んでしまったんですよ」

「そのことを、釜山に行ったアメリカ兵は、知っているんですか?」

「いや、知らんでしょう。知らせてもいないし、朝鮮戦争の後、ベースはなくなってしまいましたからね」

他の孤児院でも、同じように、何人かが自殺していた。

その孤児院には、他の刑事を行かせたが、聞いてきた話は、細かいところは違う点もあったが、おおよそ同じ内容だった。ある孤児院での話は次の通りだった。

「うちには、昭和二十年代には、五十人近い孤児を預かっていました。近くの基地にいるアメリカ兵が、時々、見舞いに来てくれていました」

「孤児たちも、アメリカ兵が好きでしたよ。何しろ明るく、いろいろとプレゼントを持ってきてくれてましたからね」

「問題の孤児は、そちらには、二人いたんですね?」

「そうです」

「その二人は、自殺したんでしたね?」

「うちでは当時、全部で四十八人の孤児を預かっていました。昭和二十五年の秋だったと思います。近くのアメリカの基地から、招待を受けたんです。うちは、男の孤児ばかりだったので、アメリカ兵たちは、基地に招待して、訓練の様子を見せてくれたんです。朝鮮戦争が始まっていたので、訓練といっても、実戦さながらの激しいものでした。現実にも、この基地のアメリカ兵たちは、一週間後に、朝鮮に送られていきました。この訓練のあと、二人の孤児が、自殺しています。自殺の理由は分かりません」

この他の孤児院についても調べたが、今から七十年近くも前のことである。はっきりとは、分からないことが多かった。

4

一方、十津川は、「永久戦争」に関する資料が少ないことから、日本側からの発見は諦めて、アメリカ側の資料に期待することにした。

アメリカ側の沖縄戦の資料と、昭和二十年八月から昭和二十七年までの日本占領の記録である。

十津川が、知りたかったのは、永久戦争に使われた子供たちの人生だった。

戦争中に、孤児になった子供が選ばれたことは、分かった。アメリカ兵との戦闘で、父や兄を失った孤児は、アメリカ兵に対する憎しみが、強いだろうということで、選ばれたに違いない。

本土にあった高山市の奥の訓練基地に集められ、沖縄戦では、子供たちの何人かが、実戦に使われた。

沖縄戦であみ出された、子供を使ったゲリラ戦については、アメリカ側の資料でも、触れたものがあった。

ただ、アグリー中尉という、個人名で書かれたものだった。この中尉は、日本軍の戦術について調査し、その危険性についてアメリカ軍の司令部に報告する任務を与えられていた。そのため報告書の大部分は、日本軍が行った航空特攻についての記述だった。

しかし、十津川が知りたい「永久戦争」について触れたものが見つかった。短い記述だったが、それでも、有り難かった。とにかく、正式に記録になっていたからである。

――沖縄戦で、奇妙なことがあった。一九四五年六月二十三日に、戦闘は終結した。アメリカ軍司令部も、この日に、沖縄戦は、終結したと宣言しているのだが、その後、アメリカ軍の占領地区の、三か所で爆発事故があり、死亡十六人、負傷三十八人の犠牲者が出ていることだった。

司令部の命令で、私が調査に当たったが、爆発の起きた部隊が、日本軍と交戦した事実は見つからなかった。日本軍の主力は壊滅し、残存する日本軍は、降伏していたからである。

そこで、私は、爆発のあった部隊で、沖縄戦が終結した気のゆるみから、砲弾を粗略に扱い、それが引火爆発したのではないかと考えた。

しかし、調査を続けても、この三つの部隊に、緊張感が失われているといった空気はなかったたし、近接していた三つの部隊がそろって爆発事故を起こすというのも奇妙だった。そこで、更に、調査を進めていくと、この三つの部隊の兵士たちが、壕《ごう》にかくれていた日本の幼児（七、八歳）を助け出し、部隊に連れていき、チョコレートなどを与えて、帰したという事実が分かった。子供と記念写真を撮った兵士もいた。しかし、この日本の子供と親交をあたためた三つの部隊で、その日の夜、爆発が起きている。私には、偶然の一致とは、思えなかった。

私は、日本軍の将兵を収容している収容所に行き、主として将校に、日本軍では、子供を使った特別の戦術を考えていたのではないかと、尋問してまわった。しかし、そんな奇妙な戦術について聞いたことはないという返事しか返ってこなかった。

そこで私は、死亡した日本兵の手帳に当たることにした。日本兵の手帳は、太平洋戦争の七不思議の一つに数えられるだろう。日本兵は死を恐れないという。しかし、なぜか、将校から兵士まで、手帳を持っていて、その手帳に、個人的な用事以外に、部隊の行動まで、記していたのだ。普通、どこの国の軍隊でも、秘密を守るために、手帳などは身につけていないのに、この日本兵の習慣は不思議だったし、同時に、われわれ情報戦を戦う人間にとっては、最良の情報源だった。日本の将校の中には、手帳に、次の攻撃目標や攻撃方法まで書いている者までいたからである。

沖縄戦でも日本兵の死体から、手帳を集めてあった。私は、日本語のできるスタッフを集めて、集めた手帳を、全て、翻訳するように頼んだ。

何千もの手帳を翻訳するのも大変だったし、それに眼《め》を通すのも大変だったが、そのおかげで、私は、真相に近づくことができた。

オカモトマサキという日本兵の手帳だった。不思議なことに、彼は、トウキョウの商事会社の社員なのに、日本陸軍の大尉でもあるのだ。どうやら、私と同じ、情報関係の将校で民間人を名乗って本土から沖縄へ来ていて死亡したものと思われる。

この男の手帳に書かれていることが、私を喜ばせたのだ。


「軍部の上層部には、この戦争で、日本民族は亡《ほろ》びると考える者もいるらしいが、われわれが考えるのは、永久に戦い続ける永久戦争である。

兵士が戦死し、女性が、亡くなっても、まだ子供がいる。彼らも立派な戦士である。アメリカ兵に、父、兄を殺され、更に砲爆撃で母、姉妹を失った男の子はアメリカ兵に対する憎しみが強いから、最良の戦士になるだろう。通常の戦闘が終わった時から、彼らの戦闘が始まるのだ。

戦術は簡単だ。戦闘が終わって、ほっとしているアメリカ兵に、笑顔で近づき、親密になる。アメリカ兵は、単純だから、子供たちを、平和の使いとして、歓迎する。そこで、子供に、夜になったら、部隊に遊びに行きたいといわせればいいのだ。歓迎してくれたら、子供たちに爆弾を持たせて、夜、アメリカ軍の部隊を訪ねさせればいいのだ。

われわれは、これを永久戦争と呼ぶことにする。子供は、いくらでもいる。子供は、死ぬことを怖がらないから、私にいわせれば、最高の戦士なのだ。生き残った子供は大人になり、結婚し、子供を作り、また戦う。それが、永久戦争なのだ。いつかわれわれは、この永久戦争に勝利するだろう」

私（アグリー中尉）は、すぐ、司令部に報告し、通常の戦闘が終わったあとも、注意するようにと知らせた——

もう一つは、一九四五年九月二日に、正式に日本が連合国に降伏し、アメリカ軍が、日本に進駐したあと、このアグリー中尉も、情報部の将校として、日本に来て、この「永久戦争」について調査し、その報告書をＧＨＱ（連合国総司令部）に提出していることだった。

十津川が知りたいのは、この奇妙な「永久戦争」のために、昭和十九年末に集められ、訓練された孤児たちのことだった。

何人いたのか。戦後、自殺した者もいるが生き残った者もいるのではないかということだった。

もし、彼ら全員が、昭和二十五年に起きた朝鮮戦争の時に、自殺してしまったのなら、東京で、浅野真治が殺されることもなかったような気がするし、高山市の郊外で夏川えりが行方不明になることもなかったと思えるからだった。

「まず、問題の孤児たちが、朝鮮戦争の始まった昭和二十五年頃に、何人も自殺している。その理由について考えたい」

と、十津川は、刑事たちに、いった。

「繰り返すが、戦後に孤児になった子供たちじゃないんだ。太平洋戦争の末期に、父や兄を出征で失い、母や姉妹を空襲などで亡くしてその頃に孤児になっていた子供たち、おそらく年齢は十歳前後だと思うが、彼らを集めてR村の訓練基地でゲリラ戦の訓練をしていた。これは間違いないんだ。

この訓練は一見易しそうだが難しいと思う。つまり、アメリカ兵に対してニコニコ笑いながら近づかなければならないが、だからといってアメリカ兵は、父や兄を奪い母も奪った敵であるから、心の底では憎まなければならない。その憎しみが消えてしまえば、夜になってアメリカ兵の基地に近づいて爆弾を投げ込むことなど到底できないのだ。だから、笑顔で近づきながら心の底では憎んでいる。そういう複雑な感情を持った子供を育てる所が、爆撃の焼け跡を模したR村だと思う。そうした訓練を受けた子供たちは戦後になって軍隊が消え、民間の孤児院に引き取られた。彼らはそこで五、六年の生活を送り、朝鮮戦争が開始した時、あるいはその後に何故《なぜ》かその多くが自殺を遂げている。その理由だよ」

戦後生まれの刑事たちには、なかなか答えを見つけられないようだった。そこで十津川は昭和二十五年、朝鮮戦争が始まった頃アメリカ軍のベースで働いていて、現在八十代になっている老人二人を見つけ出して話を聞きに行った。そして、同じ質問をしてみた。老人の一人が答えた。

「私は終戦の時、十五歳でね。東京にもアメリカ軍やあるいはイギリス軍が進駐してきて東京の各地に基地を作っていた。いわゆる『ベース』だよ。品川・五反田・大崎などにアメリカ軍やイギリス軍のベースがあってね。戦後は仕事がなくなったんで、日本人はその基地に働きに行っていた。アメリカ軍の基地は人気があった。とにかく物が豊富でその上アメリカ兵というのは気前がいいから下手な英語で『ギブミー』といえば、パンでも何でもくれたものだった。その点、イギリス軍や他の軍隊の基地は人気がなかった。物資が不足していたのか、何もくれなかったからね。ただ、アメリカ軍のベースで働きながら、複雑な気分だったよ。私の父はフィリピンでアメリカ兵と戦って死んでいる。昔風にいえば、アメリカ兵は私にとって不倶戴天《ふぐたいてん》の仇《かたき》なんだ。そのベースで働いて、ニコニコ嬉《うれ》しがってパンやチョコレートを貰《もら》って喜んでいるんだから、おかしなものさ。時々その気持ちが嫌になったこともあった。昭和二十五年に、朝鮮戦争が始まって東京にあった基地からアメリカ兵や、イギリス兵が朝鮮に出征していった」

もう一人の老人は少し違ったことを喋《しゃべ》った。

「昭和二十年三月十日のB29の大空襲で家族が全部死んで、私は孤児になった。その時十二歳でね。民間の孤児院に入れられた。何故か知らないが、時々アメリカ兵がそこに慰問に来た。アメリカの兵隊は、そういう慈善事業が好きなんだ。ところが昭和二十五年に朝鮮戦争が始まって、アメリカ軍も朝鮮に出兵することになった。これから出征するという時に、アメリカ兵が私のいた孤児院にやってきたんだが、さすがにいつものアメリカ兵の顔じゃなかったね。凄《すご》く怖い顔をしていた。私なんかはその頃はもう、十七歳になっていたから平気だったが、十代の子供たちの中にはそういうアメリカ兵を見て怖がって、泣き出す子もいた。何といっても相手は、武器を持った兵隊なんだからね。それが怖い顔をしていれば、子供だって怖がるさ。事実、朝鮮に出兵していったアメリカ兵が戦争で何人も死んでいる」

と、いう。

「そこに、ちょっと変わった少年たちはいませんでしたか？　どこが違っていたかといえば、アメリカ兵に対する態度が違っていたんじゃないか。そう思うんですが、そういう子供はいませんでしたか」

と、十津川がきいた。

「確かに、変なのが一人いましたね。戦争が終わった時、十歳じゃなかったかね。なんでも、軍の施設からやってきたといっていた。アメリカ兵が孤児院に慰問に来るでしょう。他の孤児たちは、英語なんかできませんよね。それなのにそいつはヘンに英語ができてアメリカ兵とニコニコ笑いながら応待しているんですよ。どこで覚えたのかきいても、笑って答えてくれなかった」

「それで、朝鮮戦争の時はどうだったんですか？」

「今いったように、いつも慰問に来てくれていた、近くの基地のアメリカ兵がいよいよ出征するというんで、最後の慰問に来てくれたんです。これから真っすぐ厚木の飛行場から、朝鮮に向かうというので軍服を着てましたね。目も血走っていて、怖かった。でもみんな、相手は大人だし怖いから、なるべく目を合わさないようにしていたんだけど、そいつだけはじっと、アメリカ兵を睨《にら》んでいましたね。いよいよアメリカ兵がトラックに乗り込んでいく時、そいつが石をぶつけたんですよ。その石がアメリカ兵に当たって、院長が慌ててそのアメリカ兵にお詫《わ》びをしてましたね。なぜ、そんなまねをしたのか、私にも分からなかった。きいたけど、そいつは答えなかった」

「それでその後、彼はどうしました？」

「私は、翌年十八歳でその孤児院を出されたんだけどその後就職して、お土産を持って院長先生にお礼に行ったことがありましてね。その時に気になったので、そいつのことを、きいたんですよ。みんな十八歳でそこを出ることになるんですけど、五、六人の仲間がやってきて一緒に出ていったというんです。院長先生がその連中についてこんなことをいってました。『気味の悪いグループだったよ。何か、怖いことを考えているような、そんな感じのする連中だった。あの子も、その連中のまねをしなければ良いと、思うんだけどね』と、これが院長先生の言葉でした」

「その少年ですが、その後自殺なんかしませんでしたか?」

と、十津川がきいた。

「自殺したという話は、聞いていませんね。それどころか、今いった数人の仲間と一緒に出ていった後、どこかの山の中に閉じこもって戦争のまねをしていて、地元の警察に注意されたという新聞記事を、読んだことがありますよ」

「その時の新聞記事、正確に覚えていませんか。どんな風に、書かれていたのか、是非知りたい」

「全部は覚えていませんが、注意した地元の警察官が、いい年をして戦争ごっこは止《や》めなさいといったら、連中は『自分たちのは戦争ごっこじゃない、本当の戦争を考えて訓練をしているんだ。いつまた戦争になるか分からない。日本人は平和に溺《おぼ》れたりしないで、本気でアメリカとの戦争の続きを考えて訓練をしなきゃ駄目だ』。そんなことをいって、地元の警察が、呆《あき》れていた。そんな記事でした」

5

十津川は、R村の訓練場跡に、分からないように監視カメラを取り付けておいた。

その監視カメラに、反応があったと聞いて十津川は亀井と直ちに、新幹線と高山本線を乗り継いで、荒涼とした訓練基地に向かった。

二人が着いた時にはもちろん誰の姿もなく、監視カメラは誰にも発見されなかったらしく、撮影を続けていた。十津川はカメラを外《はず》してスイッチを止めた。反応があったからには、誰かがこの荒涼とした訓練基地に入り込んだのだ。二人は高山市内に戻り、旅館に入るとすぐ、何が写っているかを確認することにした。

最初の十五、六分は、荒涼とした基地の景色が写っているだけだった。そのあと突然、キャンピングカーがカメラの前に入ってきた。外国製の大きなキャンピングカーで、東京ナンバーだった。停《と》まると中から七人の男たちが降りてきた。いずれも、背広姿の男だが、監視カメラに撮られたその顔は老人のものだった。おそらく、七十代から八十代くらいだろう。それでも、車から降りてきた時の姿勢はピンとしていた。

彼らが次にやったことは、車からかなり大きな石碑のような物を降ろすことだった。全員で力を合わせてそれを降ろすと、訓練場の隅まで運んでいき、そこに、据え付けた。男たちは、その石碑の前に整列し、彼らの中のリーダーらしき男が石碑に向かって敬礼し、何か大声で叫んでいた。次に男たちが始めたことは、石碑の前に車座をつくっての酒盛りだった。一人ずつ立ち上がっては、拳《こぶし》を振り上げて、何か大声で叫んでいた。その行為が延々と続いていく。全員で何かを誓っているように見えた。

十津川は途中でカメラを止め、

「連中は何を置いていったか、それを見ようじゃないか」

と亀井を誘った。

既に七人の男たちと車の姿はない。その代わりのように、訓練場の隅に高さ二メートル近い石碑が残されていた。正面には『永久戦争の碑』と彫られている。十津川は裏へ回って、そこに書かれた文字を読んだ。

「昭和十九年末、戦況悪化の中で我らは子々孫々にわたり世界、特にアメリカを相手にして永久戦争を続けることを誓った。現在は戦争を一時的に休止した時間であり、勝利でもなく敗北でもない。我らは幸いにして子孫に恵まれており、我らが死んだ後はその子孫が、その子孫が死んだ後はそのまた子孫が、アメリカに対して永久戦争を続けていくであろうことは、間違いない。そしていつか我らはアメリカにわたりここに、完全な勝利の宴《うたげ》を持つことになるであろう。それまで我らは子々孫々にわたりアメリカに打ち勝ち、アメリカに対して永久戦争の誓いを新たにするものである。我らの永久戦争の誓いに対してそれを邪魔する者・批判する者は全てこれを排除する。

二〇一六年　吉日」

第五章
石碑

1

十津川は、ある新聞の小さな記事に興味を持った。そこには後藤将行《ごとうまさゆき》という九十五歳の老人のことが載っていた。さすがに足腰は、弱っているが、頭はまだ冴《さ》えていて、戦争中から戦後にかけてのことを覚えているという。また、Ｍスパイ学校の卒業生で、戦争中は特務機関に入り、中国から東南アジアの各地を回って歩いていたが、戦後のマッカーサー暗殺計画にも参加したという。

『「なぜあんなことを考えたのか、やたらに、権力に突っかかっていたんだろうね」と、後藤将行さんは、はっきりとした口調で言った』

これが、新聞の片隅に載った、小さな記事である。十津川はこの記事を読んで、後藤将行という九十五歳の老人に、会いに行くことを決めた。十津川は、スパイ学校の卒業生たちによって戦後、マッカーサー暗殺が、計画された話は聞いていた。が、詳細は、分からない。新聞に載った後藤将行に会って話を聞き、ついでに、現在十津川が捜査中の永久戦争についても、もし知っていたら、話を聞きたいと、思ったのである。

後藤は東京の郊外の青梅《おうめ》で、農家を改造した萱葺《かやぶ》きの家に、一人で住んでいた。十津川は亀井を連れて、訪ねた時、会津の地酒を土産に、持っていった。新聞の記事の中で、後藤将行は元々会津の生まれで会津の地酒が好きだと書いてあったからである。

後藤は、現職の刑事が二人で訪ねてきたことに、不思議そうな顔をしていた。

「戦争中と違って、何も企《たくら》んではおりませんよ」

と笑いながらいう。

「後藤先生に教えていただきたいことがあって、参りました」

十津川は丁寧な口調で、いった。

「こんな老人の話を聞いて、どうされるつもりか？」

「先生が昭和二十年、戦後すぐにマッカーサー暗殺計画を立てられたと新聞で読みました。それはどんなものだったのか、真相が知りたくて参りました」

「真相も何も、計画はしたが、実行は、していませんよ」と高笑いした。

「それは分かっております。どんな計画だったのか、どうしてマッカーサーの暗殺を計画したのか、そのことを、おききしたいんです」

「もう終わったことだ」

最初は口が重かったが、十津川が戦後の混乱期のことに話を持っていくと、後藤は、次第に目を光らせて、「マッカーサーのGHQが、日本の指導者たちをA級戦犯の容疑で逮捕して裁判にかけようとしたので、我々の仲間が腹を立ててね。そうだろう。東条たちだって私利私欲で、戦ったわけじゃない。祖国日本を勝利に導こうとして身を挺《てい》して、戦ったんだ。大東亜戦争で日本が勝利していたら、東条たちは英雄になり逆にマッカーサーたちが裁判にかけられたわけだよ。それで、腹が立ったんだよ。これは間違っている。そう思ってね」

「しかし、連合国の司令官であるマッカーサーを暗殺するのは難しいんじゃありませんか」

亀井がきくと、後藤は笑って、

「そんなことはない、戦後日本に乗り込んできたGHQが日本人の職員を募集していたんだよ。もう戦争はないとタカをくくり日本人を募集したんだ。我々の仲間の一人が試験を受けて、GHQの中の民政局の職員になった。だからその男に爆弾を持たせて、マッカーサーの司令部に乗り込んでいって爆破させれば、それで終わりだ。簡単だよ」

「しかしマッカーサー暗殺計画は、実行されませんでしたね。どうしてですか？」

「その後、マッカーサーの行動を見ていたら、天皇制に反対じゃないらしい。というよりも天皇制を守ろうとしているので、これならば、彼を暗殺する必要はないということになって、中止したんだ。まさか君たちは、マッカーサー暗殺計画について、私を、尋問するために来たんじゃないだろうね？」

「それは全《まった》くありません。実は後藤さんと同じように、スパイ学校の卒業生たちが本土決戦に際して『永久戦争』というものを、考えていた。沖縄戦では、それが実行された。実はその永久戦争について調べているんです。同じスパイ学校の卒業生が、考えたことだから、後藤さんも、ご存じではないかと思いましてね」

十津川がきくと、

「もちろん知っているよ」

あっさりと、後藤は、頷《うなず》いた。

「沖縄戦で何回か、子供を使ったゲリラ戦が実行されたことは、知っているんです。私としては、その永久戦争が、その後どうなったのか。永久戦争という以上、現在も実行されているのか。すでに戦後七十年以上経《た》っていますから、この計画を立てた人たちも、後藤さんと同じように、九十歳を超えているのではないか、その人たちは、今どうしているのか、そのことをできれば、おききしたいんです」

「戦争が始まって私たちは東南アジアに出ていった。その時に気がついたんだ。アジア解放という、これは思想戦だと。思想戦ではアメリカやイギリスに、勝てる。何しろ我々はアジアの解放を謳《うた》う、正義の戦士だからだ。しかし同時に、アジアの解放は難しいと思った。私たちの仲間のほとんどが同じように気がついたんだ。このアジアの解放という思想戦は、最初は、勝てるが最後には負けると分かった」

「どうしてそう思ったんですか」

「アジアの人たちは貧しいんだ。植民地にされ、貧しい生活を強要されてきた。その人たちを、立ちあがらせるには、お金が要《い》るんだよ。一銭もなくてはアジアの解放は、できないんだ。ところが日本は、アジアの中では富める国といわれていたが、欧米と比べれば貧しかったんだ。アジアを解放する時には何かを与えなければならないんだ。ただ独立という言葉だけを与えたって、解放はできない。立ちあがれない。彼らに武器を与え食糧を与え、資金を与え、そうしなければ彼らを、独立させることはできないんだ。その点、日本は貧しかった。アジアを占領したら、そこにある石油とか鉄とか、アルミの原料を日本本国に持って帰って、アメリカやイギリスと戦うための武器を作らなければならない。最初は、分かってくれるだろうが、持ち出すだけでは、次第にアジアの人たちに嫌われていく。それは最初から分かっていた。だから私たちは、アジアの解放は思想としては素晴らしいが、それを実行することはまず無理だろう。

彼らの持っている資源を一方的に日本本土に持っていくことになってしまう。その時、代わりに彼らに与えられる物、支払える物がないんだ。もしあればアジアの解放は成功している。だから私たちは、失敗を覚悟で、アジアの解放を叫んで走り回っていたんだ。

だからこの戦争は負ける、と最初から分かっていた。だから私たちの中には、今君が言った永久戦争という考えを持つものが生まれていった。戦争そのものがそのうち終わるだろう。日本は負ける。負ける理由は今も言ったように貧乏だから、金がないから、物資がないからだ。しかし思想戦では勝てる。それなら、どうすべきか？　その中に、永久戦争という考え方もあったんだ。私は良い考えだと思ったよ。とにかく親が戦い、子が戦い、孫が戦う。そうしているうちに、子供が大きくなる。そしてまた大人が戦い、子供が戦い、孫が戦っていく。永久に戦うんだ。そうすればそのうちに日本は彼らに勝てる。だから私はその考えに賛成したが、一時的には、日本は敗北する。そのことが問題だと思った。

子供たちはいうことを聞くし、死ぬことを怖がらない。しかし戦争に飽き、疲れてしまうだろう。そうなれば我々の考えた永久戦争は失敗する。そう、思ったからね。案の定、失敗した。永久戦争は、思想の上では続いているが実戦の上では失敗しているんだ。しかし、失敗しているとは考えたくない。密《ひそ》かに思想的には続けている。そしてそれを守るために、人を殺したりしている。それも、想像した通りなんだ。永久戦争だって、金が要るんだよ。何もなしに永久戦争は、続かないんだ」

後藤はふと、目を閉じて、

「失敗するんだ……」

と、呟《つぶや》いた。

「本土決戦になった時には、今、後藤さんがいった、子供を使った、永久戦争を仕掛けることになるので、飛騨高山の奥にそのための訓練施設があったのは、ご存じですか？」

と十津川がきいた。

「戦後暫《しばら》く経ってから、あの訓練場に招待されたことがあった。訓練場はあったが、訓練をしていないとみえて、荒れ果てていた。今もいったように思想的には、永久戦争は続いていたんだ。今も続いている。しかし、実行されてはいない。形の上で戦争は終わってしまっているからだ。平和の時に、戦う訓練を続けるのは大変なことだよ。誰もが平和を楽しんでいる時に、子供を使ったゲリラ戦の訓練をいつまでも続けていけるかどうか。第一、そのうちに子供たちが本気で訓練をしなくなってしまう。ゲリラ戦の訓練をしているのに、戦争ごっこをしているような気分になってしまうんだ。それが平和の怖さだよ。

平和というのは怖い。全《すべ》てが遊びになってしまうんだ。戦争中に考えた永久戦争は実行できない、失敗すると、私は考えていた」

「高山の奥にある訓練場には最近、石碑が建ちました。建てたのは、七十代から八十代くらいの老人たちです。多分、あの人たちは子供の時、本土決戦になれば子供であることを利用して、アメリカ兵と戦うことになっていた。その訓練を、あの場所で、していたんだと思うんです。そして戦後七十一年の今、永久戦争の誓いを書いた石碑を建てていました。七人の老人たちです。その人たちは今、どんなことを考えているのか、後藤さんには分かりますか。戦後生まれの私にはよく分かりませんが、後藤さんにはお分かりになるんじゃありませんか」

さらに十津川は続けた。

「本土決戦に備えて、何人の子供たちが訓練を受けたんですか。その人数を、書いた物や、資料が、見つからないんですよ」

「そんな資料、残す馬鹿がいるもんか。資料はないのが当然なんだ」

「しかし戦争中は、父母や兄弟を戦争の爆撃で失った孤児たちが、永久戦争の戦士として訓練を受けているんですが、昭和二十五年に朝鮮戦争が、始まった時、何人も自殺しています。それは、ご存じでしたか」

「私は実際には知らないが、何人もの子供たちというか、永久戦争の小さな戦士たちが自殺したのは、知っている」

「どうして子供たちは、朝鮮戦争の時に何人も自殺したんでしょうか？」

亀井がきいた。

「私にも正確なことは、分からない。永久戦争について、その計画に、参加していたわけじゃないからね。しかし、想像はできる。本土決戦に備えて、子供たちは訓練されていた。その戦争が終わってしまった。終わってしまっても彼らは、永久戦争の戦士としてずっと生きていくように訓練されてきた。焼け跡とか、死体が転がっているような状況の中で、訓練を受けてきた。ところが爆撃もなく、弾が当たって、人が死ぬこともない時代になってもその志を持続しなければならない。大人でも難しいのに、彼らは子供だ。

朝鮮戦争が起きて、武装したアメリカ兵を見るようになった。それで子供たちは訓練を思い出した。自分たちの敵が、やっと見つかったと錯覚したんだ。ところがアメリカ兵は、自分たちではなくて他の人間と戦って死んでいく。それで子供たちは、現実と想像の世界との区別がつかなくなってしまったんじゃないのだろうか。いくら訓練を受けたことを忘れるなといわれ、永久戦争について話を聞いても、自分たちが殺す相手が、他の人間に殺されてしまう。そのことで子供たちは、精神の平衡を、失ってしまったんじゃないかと思う。もし、その戦場が朝鮮ではなくて日本本土だったら、子供たちは、自殺することもなく訓練したことをかみしめて次の戦争に向かって、士気を鼓舞していたに違いないと思うがね」

「しかし少なくとも、七人の老人は戦争中に受けた訓練をそのまま持続して、訓練場の跡地に永久戦争の石碑を建てているんです。自分たちの考えに反対する者は、これを排除すると、石碑には書き込んであります。つまり、少なくともこの七人は永久戦争を続けるつもりなんですよ。全員が七十代から八十代の老人でした」

と、十津川はいい、

「彼らはどんな存在なんでしょうか？」

と亀井がきいた。

「その石碑なら先日見に行ってきたよ。七人の老人の中の一人から話を聞き『一度見てください。我らの気持ちは変わらない』といわれたんで、見に行ったんだ」

「それで、どう考えられました？」

「彼らの一人とは今も、親しくしている。私は先輩であり、彼らは私たちから、教育された人間だ。それで、話をしたんだが彼ら七人も、平和が続くと気持ちが萎《な》えてしまうことがあるそうだ。そういう時には、七人揃《そろ》って沖縄に行って、沖縄にあるアメリカ人の基地を何日も見続けるそうだよ。そこでは、実弾を使った訓練が行われている。アメリカ兵は実弾を使うからね。猛烈な射撃や爆撃だ。そこにいるのは本物のアメリカ兵であり、頭上を飛び交うのは、実弾なんだ。それを見ると、まだ戦争は、続いている、そういう気持ちになるそうだ。だから彼らにとって、沖縄の米軍基地は自分たちの気持ちを引き締める大事な施設であり、それを見ていると、子供の時に訓練を受けたこと、それがなつかしく思えるようになるし、戦争はいつまでも続き、我々は勝利する。そんな気持ちになるそうだ」

「しかし永久戦争では親が戦い、子供が戦い、孫が戦うわけでしょう。あの七人はその戦いをうまく子供や孫にも、引き継いでいかれるんでしょうか？　実際には日本で戦争は起きていませんから、志を引き継いでいくのは難しいんじゃありませんか？」

「その点も聞いたことがある。嬉しそうに大丈夫だという者もいれば、ダメだというように首を振る者もいる。日本にいて平和な面だけを見ていれば、彼らとその子供と、孫たちの気持ちは緩んでしまう。しかし毎日のように、アメリカ軍の基地に行って、轟音《ごうおん》と共に飛び去って行くジェット戦闘機を見、海兵隊の実弾演習を見ていれば永久戦争の考えは消えていかないいんじゃないか。そう思ったよ」

「それをいいことだと、後藤さんは思うんですか？　私なんかから見れば、悲しいことだと思うんですが。だって永久戦争は、考えとしては残っていたとしても彼らの子供や孫が、それを実行することはまず、ありえませんから。それでもなお永久に引き継いでいくんでしょうか」

「だから、うまく引き継ぐケースもあれば、彼らで終わってしまうケースもあると思う。ただ、彼らはある意味純粋だから、彼らの考えに反対する者があれば、容赦《ようしゃ》なく殺してしまうんじゃないかな。それを止めることなんかあなた方警察にもできないと思うよ。彼らは正義は自分たちにあると、固く信じているからだ」

　と後藤はいった。最後に十津川は、その気持ちをきいた。

「あなたは、戦後マッカーサー暗殺計画を立て、実行をしようとした。その時の気持ちは、今も持続していますか？　それとも、あんなことは、もう忘れたといわれますか？」

「今も、マッカーサー暗殺計画を立てた時のことや、そのために、訓練をした時の気持ちは忘れないな」

と、後藤がいう。

「しかし、マッカーサーはもう亡くなっていますが」

と亀井がいうと、

「しかし、マッカーサーがいなくなっても、同じようなアメリカ軍の司令官と軍隊は日本を占領してるじゃないか。沖縄だけじゃない、本土にも様々なアメリカ軍の基地があって完全に日本は占領されていると、私は思っている。だからもし、アメリカ軍の司令官が日本の国民に対して、あるいは天皇陛下に対して、侮辱的な行為をした場合は、私たちはあの時と同じようにアメリカ軍の司令官の暗殺計画を立案して、それを実行するよ」

と後藤がいった。

「後藤さんの考えは、引き継がれていくものなんですか？」

「十年前、私は仲間と塾を作った。長州にあった吉田《よしだ》松陰《しょういん》が作ったような、私的な教室で、私たちの話をききたいという若者が集まってくれて、今は五十人位の塾生が集まっている。幸い、私の息子や仲間の息子たちが私たちの志を継いで、その私塾を守ってくれているから私たちの精神は、この日本の若者たちに引き継がれていくと信じている」

最後に十津川は、

「夏川勝子、という名前を、ご存じありませんか？　戦争末期に、満州から突然、休暇をとって日本本土に帰ってきて、そのまま行方不明になった女性です。その時は従軍看護婦ということになっていましたが」

多分、知らないだろうと思ってきいたのだが後藤はニッコリして、

「その女性なら、知っているよ」

「どうして、ご存じなんですか？」

「昭和十九年、東条内閣から小磯《こいそ》内閣に代わって、ようやく戦争をやめよう、和平に持っていこうとする閣僚が、実際の戦況について知りたいと思っていた。マリアナ沖海戦でも、レイテ沖海戦でも軍は景気のいい嘘《うそ》ばっかり報告していたからね。内閣の大臣たちも、実際の戦況というものを摑《つか》めていなかった。そこで、色々な人たちに、実際の戦況を調べて、報告するように命令したんだ。

確かその中に、夏川勝子さんもいた。従軍看護婦といわれているが、実際には我々と同じ秘密工作員だ。従軍看護婦ということにしていた。看護婦の制服を着ていれば戦場を往来しても怪しまれない。そうして本土決戦が本当にできるのかどうか、そうした実情を調べて、それを、内閣に報告した。そういう立場だったことは、きいてい

る。私も、当時の沖縄の状況とか、満州の状況とかを夏川勝子さんに報告したことがあるから」

「後藤さんは、夏川勝子さんに、会ったことがあるんですか！」

十津川は驚きのあまり大声を出した。

「私たちは主としてゲリラ戦を戦うことを考えていたから、子供たちを使った、永久戦争の考えについてもききたいといわれたので、話をしたことは覚えている」

「夏川勝子さんは、昭和十九年に、例の高山の北にあった、訓練場を見に行った。そう思われるんですが、その後の消息が、摑めないんですよ」

と、十津川がいうと、

「あの頃は、徹底抗戦とか、戦争の継続を強硬に主張する若手の軍人たちがいたから、あるいはその人たちに、殺されたのかもしれないな。あの頃は、明日の生死も分からない時だから、彼女が日本に戻ってきたあとどうなったか、私にも分からない。死んだといわれても、別に不思議とも思わないよ。そんな時代だからね」

と後藤がいった。

後藤に礼をいい、十津川は、最後に夕食をごちそうすることにした。その時に後藤がいった。

「我々がこの戦争で、どんな歴史を作ったか、どんな歴史を壊したか、そういうことを本にして残したい。今、私の願いはそれだけだが九十歳を超えて果たして、その本が完結するまで生きているかどうか、自分でも自信がない。しかし何とかして本にして、その本を遺言代わりにして死にたいというのが今の希望だ」

「その中には、永久戦争も、入るんですか？」

十津川がきいた。

「彼らのことは書かないことにする」

「どうしてですか」

「私たちがあの戦争中にやったこと、アジアの解放を叫んで、現地の青年たちと一緒に、戦ったこと、そして戦後、マッカーサー暗殺計画を立てたこと、そうしたことは全て、今や歴史の中に、埋没してしまった。私には現代の世界を見守ることはできるが、変えることはもうできない。だからある意味、安心して自分のことを正直に書けるんだ。しかし、永久戦争を考えて訓練し、それを実行していた人たち、彼らは今もなお、永久戦争を考えている。まだ歴史に埋没してはいないのだ。彼らがこれから、どんなことをするのか分からない。私が彼らのことを、まるで過去の歴史の一ページのように書くのは失礼だから、彼らについては書かないことにする。最近、彼らの一人に会ったが、あくまでも永久戦争は続けるといっていた。だからまだ彼らは、歴史に埋没せず、歴史を作ろうとしているんだ」

と後藤はいった。その言葉が、十津川の頭にいつまでも残った。

2

捜査本部に帰ると、十津川は、部下の刑事たちを集めていった。

「我々は、東京・三鷹で起きた殺人事件、それからR村で起きた夏川えり失踪《しっそう》事件の二つを解決する必要がある。容疑者は、あの訓練場の跡地に永久戦争の石碑を建てた男たちだ。そこで、彼らから、話を聞く必要がある。七人の彼らが殺人事件と失踪事件の犯人かどうかは断定できない。しかし、何らかの関係があることは事実だから、これから高山に行って彼ら七人を見つけ、事情聴取する」

「しかし、その七人は住所が分かりません。どうやって見つけるんですか？」

と、若い日下刑事がいった。

「それは向こうへ行ってから考えるが、とにかくもう一度、石碑の文字を読みに、行こうじゃないか」

と十津川がいった。翌日、十津川は亀井刑事たちを連れて高山に向かった。新幹線を名古屋で降り、高山本線で高山に向かう。そこに見られる観光客の群れや、現地の人たち。それは全て、十津川にとっては現在である。しかし、今の十津川の頭の中では、現代と過去が、入り交じっていた。石碑を建てたあの七人は、現代に生きながら、同時に過去にも生きている。彼らをどうやって事情聴取に応じさせるか。彼らがもし、殺人と失踪事件の犯人ならば、どうやって自白させるのか。普通の犯人とは違って、自白させるのはかなり難しいだろう。それは覚悟してきたのである。

高山市内で十津川たちは一泊することにした。

旅館での夕食の後、十津川は中央新聞に電話をかけて、友人の記者の田島《たじま》を呼び出してもらい、

「明日是非、高山に来てほしい。できれば、午後三時までに来てもらえれば、ありがたい。その時に、君に是非見せたい物もあるし、中央新聞で書いてもらいたいこともあるんだ」

というと、田島は、

「どんな事件なんだ」

「それは明日会った時に話す」

と、思わせぶりにいったのは、あらかじめ田島には今回の事件について話をしておかない方が良いと、思ったからである。

翌日、高山駅近くで、レンタカーを二台借りて、R村に向かった。現地に着いて、十津川は改めて石碑に刻まれた文章を、目で追った。

『昭和十九年末、戦況悪化の中で我らは子々孫々にわたり世界、特にアメリカを相手にして永久戦争を続けることを誓った』

そこまで、目で追ってから、十津川は最後の一文を口の中で、呟《つぶや》いてみた。

『我らの永久戦争の誓いに対してそれを邪魔する者、批判する者は全てこれを排除する』

この石碑を建てた時、車でやってきたのは七人だけだった。彼らが全部で七人だけなのか、それとも彼らが宣言の中で自慢しているように、子供がいて孫がいて、その子供や孫も彼らのように、永久戦争を誓っているのか。あるいは誓おうとしているのか。それが十津川の知りたいことだった。そのためにも東京の殺人事件と、このR村での失踪事件の両方を一挙に解決したいと思う。

「彼ら七人をここに呼び寄せて聴取する」

十津川は、亀井たちに向かって宣言した。

「しかしその七人ですが、どこに住んでいるのかも分からないのでしょう？　どうして七人を、ここに呼び寄せて、聴取できますか？」

と、刑事の一人がきく。

「それは意外に簡単かもしれない」

と、十津川がいったあと、持ってきたロープを石碑に、巻き付け始めた。

「全員でこの石碑を、引き倒すんだ」

十津川がいった。一瞬、刑事たちはきょとんとしていたが、もう一度十津川が同じ言葉を繰り返すと、やっと全員でロープを引っ張り始めた。

最初はなかなか倒れなかったが、少しずつ力を入れたり抜いたりしているうちに、石碑の建っている地面にひびが入ってきて、突然大きな音を立てて、石碑が、倒れた。

「これから、どうするんですか？」

亀井が息をはずませながらきく。

「これからこの倒れた石碑で、七人の男を呼び寄せるんだ」

と十津川はいい、携帯電話を取り出して中央新聞の田島に、連絡した。

「今どこだ？」

と、きくと、

「今高山に着いたところだ」

「それならタクシーを拾って、R村に行ってくれといえば、それで、分かる。こちらで待っているからすぐ来てくれ」

と十津川がいった。

一時間近くかかって、田島がタクシーに乗ってやってきた。タクシーを帰してから十津川は、現地の訓練基地を、田島に見せた。

「ここに倒れているのは、その七人が建てた石碑なんだ。石碑の中で、彼らは誓っている。自分たちは永久戦争を続ける。そしていつかアメリカに勝利する。その戦争は、自分たちから子供、そして孫へと伝えていくのだから、永久戦争なのだ、と自負しているんだ。

そして彼らは戦争中、十歳前後でこの訓練施設で子供でも戦えるような、ゲリラ戦の訓練を受けた。その訓練の成果を彼らは自分の子供、孫に教え込もうとしている」

十津川はいったが、田島は最初は信じなかった。

「まるで空想の、未来戦争みたいなもんだね」

といって、笑った。

「架空の戦争ならいいんだが、少なくとも、七人は、永久戦争を固く信じているんだ。これは私の想像なんだが、彼らのことを知った、あるいは本に書こうとした男性が、東京の三鷹で殺され、たまたまここに来て、彼らのいう訓練基地を、そうとは知らずに目撃してしまった女性が失踪した。多分殺されたのだと思う。彼らにとって過去の戦争も戦争であり、そして今の時代も、また、戦争なんだから、それを邪魔する者は、容赦なく殺してしまうんだ。それを私はこれ以上は起きないように防ぎたいと思っている。

そこで、君に頼みがある。彼らが建てたこの石碑が倒れてしまったことを新聞に載せてほしいんだ。誰かが倒したらしい。このままでは、風が吹き、雨が降ったら今に埋もれてしまうだろう。そんなふうに、記事を書いてくれれば良い」

十津川がいった。

「今、君の話したことは、本当なんだな？」

と、田島は念を押した。

「本当だ」

「そして今、君がいったような、危険があるのか」

「すでに危険は、始まっている。だから一刻も早くそれを、防ぎたいんだ。ここはひとつ、多くの人命を救うため、捜査に協力してくれ」

と十津川が繰り返した。

「分かった」

田島は、いい、十津川たちが借りてきたレンタカーの中で、早速、「謎の石碑、何者かに倒される」という見出しの記事を、パソコンで打ち始めた。


十津川が田島に頼んだのは、戦争が嫌いな人間たちがいて、彼らが石碑の言葉に腹を立てて無理やり石碑を倒してしまった。そういう形の記事にしてもらうことだった。そんな記事にしたら、七人は、警戒して現れないのではないかという刑事もいたが、十津川は楽観していた。この石碑を建てた七人は、自分たちの行動は、絶対に正しいことであり、特に歴史的に見て、正しいという信念を持っているのだ。従って、自分たちに敵対する者がいて、石碑を倒したとなれば、一刻も早く石碑を建て直そうとして、ここにやってくるに違いないと、十津川は確信していた。彼らは七人だけでなくて、もっと人数が多ければ、多分その人数も加えた者が現れるだろうと十津川は見ていた。十津川は、倒れた石碑が見えるところに二台のレンタカーを隠し、永久戦争を誓う彼らが現れるのを待った。

十津川は彼らが、絶対に現れると確信していたが、その現れ方は、見当がつかなかった。腹を立てて、現地に駆けつけてくるか、あるいは用心深くひそかにやってくるか。どちらにしろ、時間はかかるだろうと見ていたのだが、意外に早く彼らは前と同じ車で、二日後に現れた。

現場に着くと、あらかじめ、車の中に積んでおいたスコップやロープなどを、手早く取り出して、すぐに、石碑を建て直し始めた。前と同じ七人ではなくて、六人に、なっていた。十津川たちはゆっくりと、作業をしている六人の男を、囲んでいった。夢中で作業をしていた六人も、十津川たちに気づいて身構えた。その彼らに向かって十津川が強い口調でいった。

「私たちは東京警視庁の刑事である。あなたたちを、殺人容疑で取り調べる。高山署まで同道してもらう」

十津川は、部下たちの半分に拳銃を持たせていた。しかし、それは、見せずに、

「あなたたちから、話をききたい。まず、参考人として質問したい」

彼らは抵抗しなかった。十津川は彼らを、高山署に同道した。

高山署で、改めて六人の男を見た。いずれも、七十代、あるいは、八十代かもしれない。その年齢に敬意を表して十津川は、丁寧に、話した。

「皆さんのリーダーを、教えてください」

その言葉で、六人の中の一人が手を挙げた。名前をきくと、

「楠木正成《くすのきまさしげ》」

と、いう。十津川は、目を光らせて、

「これは、殺人事件の捜査です。冗談はやめていただきたい」

というと、

「私も冗談でいっているわけではない。戦争中から、今までずっと、『大楠公《だいなんこう》精神』で生きてきた。死ぬ時は、大楠公として死ぬつもりだ。それ以外の人間として扱われるのは、嫌だ」

「それなら、構いませんが、正直に答えてくださいよ」

と、十津川は、いった。

「分かっている」

というので、まず、彼らのリーダーから最初に、聴取することにした。

「戦争中は、何歳ですか？」

「満十歳だ」

「それでは、あの訓練基地で、永久戦争についての訓練を、受けられたわけですね？」

「訓練を受けたし、実際に私は、沖縄に行って戦っている。アメリカ兵を、何人も殺した。だから、他の連中が私をリーダーにしているんだ」

「前には七人でしたね。一人減りましたが、どうしたんですか？」

「癌《がん》で亡くなりそうなんだ。彼には子供がいる。孫もいる。そして今、彼は一生懸命に、自分が受けた訓練と同じものを、子供や孫に伝えている。今でも彼は、孫は、優秀な戦士だと誇らしげに話す」

「現実的な話をしましょう」

と、十津川がいうと、相手も負けずに、

「私も、現実の話をしている」

「先日、東京・三鷹市の住宅団地の一室で、男性が一人、殺されました。浅野真治という七十二歳の男性です。彼は、出版社に頼まれて、永久戦争について、書こうとしていました。永久戦争については、皆さんご存じですよね。知らないとは、いわせませんよ。あの石碑にしっかりと、永久戦争という字が、刻まれているのだから」

「もちろん、否定はしない。私たちはこれからも、いや私たちだけではない。私たちの子供・孫たちにも、永久戦争を続けさせようと、思っている」

「その永久戦争について、浅野真治は、本に書こうとしていたんです。だから殺されたんじゃありませんか?」

と十津川がいうと、

「その件については、黙秘する」

相手はいう。

「どうして黙秘するんですか。あの石碑を読んでも、さっきの、あなたの言葉をきいても、永久戦争の戦士として誇りを持って、生きてきているわけでしょう? それなのに、どうして黙秘するんですか。堂々と、浅野真治という男性が永久戦争について、邪魔になるから、排除した。そういえば、良いじゃないですか」

十津川がいうと、相手は、笑った。

「私たちは、我が子や我が孫に、永久戦争について教えなければいけない。だから、刑務所に、入っている暇はないんだ」

「しかし浅野真治という人を、知らないとはいわせませんよ。皆さんの指紋を採って、殺人現場の指紋と照合すれば、必ず合致するものがあると確信していますよ」

「永久戦争の戦士を、殺人犯に仕立てて、刑務所に、送り込むつもりかね？」

「我々は、現実世界の中で、事件と戦い、殺人犯を刑務所に送るのが、任務です。皆さんのように、永久戦争で、何十年、何百年のスパンで、ゆっくり考えればいいというのとは違うのです。私たちは、一刻も早く犯人を捕らえないと、現実世界で犠牲者が出てしまうのです。ですから、今回の件でも、早く犯人を逮捕したい。皆さん全員が、犯人とは思っていません。恐らく、皆さんの中の一人か二人が東京で浅野真治を殺したんでしょう。犯人が、勇気を持って、名乗っていただければ、残りの方は、すぐ解放します。その方が、永久戦争の戦士であってもそれは、自由です」

十津川は、そこまでいったのだが、六人は何もいわないので、先に進めた。

「もう一つの事件は、夏川勝子と、その孫の夏川えりの失踪に関する問題です。夏川勝子については、形としては、戦争末期の昭和十九年に、休暇をもらった従軍看護婦として、高山に来た。これが表向きの理由ですが、真相についていろいろと、話を聞いたので、すでに、説明がつくようになっています。こうなると、孫の夏川えりについて、考えたいと思います。彼女は、このあたりで、消息を絶っているのです。多分、そこが、何のためにあったのかに興味を感じて調べ始めたに違いないのですよ。しかし、それだけなら、彼女が失踪するとは、思えない。戦争は、七十一年前に終わっていますからね。ただ一つだけ、戦争に絡んで、彼女が失踪したり、殺されたりすることが考えられるケースがあるのです。それは、戦争中に戦い、そして、永久戦争を目指している皆さんとの接触です。私の勝手な想像ですが、あの訓練基地で、皆さんと、夏川えりが、出会ったんじゃないか。そこで、戦争の話になった。それだけならいいが、彼女にとって、皆さんのいう永久戦争は、理解できなかった。戦争を知らない彼女には、バカらしく見えた。滑稽に見えたのではないか。あなた方には、それが許せなかった。皆さんは永久戦争に生涯をかけていた。いや、皆さんだけの生死ではなく、子供・孫の人生までかけた戦いを、バカにされたわけですからね。皆さんが、カッとして、彼女を殺したとしても不思議はないと、思います。しかし、皆さん全員が犯人とは、考えません。皆さんは、老人だが、永久戦争に備えて、いつも身体《からだ》を鍛えていらっしゃるから、お一人でも、女性一人を殺すことは、造作もないことだったでしょう。私は、そう考えて、皆さんの中のお一人が、名乗り出てくださることを、期待します。もし皆さんが、誰一人、名乗り出られなかった場合は、皆さん全員を容疑者として、留置せざるを得ない。もちろん、永久戦争が生んだ殺人事件ということで、永久戦争についても、子供を利用した人道主義に反した戦術ということになってきます。そのことは、よく考えてほしい。ここで、私たちは、一旦、皆さんに対する聴取を中止する。その間に、皆さんで、よく考えておいてください。皆さんの中の一人が、自分が犯人だと名乗ってくだされば、いい」

「何故《なぜ》、そんな妥協をするのかね」

と、一人が、睨《にら》むように十津川を見た。

「我々は別に、妥協しているわけではない」

十津川がその一人に向かっていった。

「あなた方のことが理解できるから一人でも構わないと、いっているんです。皆さんも、永久戦争を戦うという気持ちを抱いて、一人でアメリカ兵と戦うような訓練をし、あなたは沖縄でその戦いを、実行した。私自身は戦後の生まれで、戦争に対しては嫌悪感を抱いている。しかし皆さんが、子供ながらも永久戦争を考え、それを、実行していたことに対しては、理解できるんです。だからこそ誰か一人が犯人と名乗ってくだされば、その言葉を信じます。東京で浅野真治を殺した犯人と、この高山で、夏川えりを殺した犯人が同一人でもいい。犯人と名乗ってくだされば、他の五人はすぐ、解放します。これは私が、いや、私たちが、妥協していっているわけではありません。皆さん全員がいまだに永久戦争を考えている。そのために死ぬことも厭《いと》わなかった。皆さんは、一人が全員であり、全員が一人である。

もし、誰も、犯人ではない、そんな事件には関係ないと、いわれた場合は、今、いったように我々は皆さんと戦うことになる。皆さんの指紋を採取し、アリバイを調べ、皆さんを尾行することになる。そうなっても構わないとおっしゃるなら、私たちも皆さんに対する理解、共感を捨てて、戦うことになる。そのことも、皆さんで考えてみてください」

と十津川がいった。

彼ら六人に、高山署が、夕食を用意した。わざと彼らだけ一つの部屋にしたのは、彼らが相談しやすいようにするためだった。十津川たちは他の部屋で、高山署が用意してくれた夕食を食べることにした。

「連中はどう出るでしょうか?」

亀井が十津川にきく。

「私にも分からん。いろんな要素が絡んでいるから、都合よく、浅野真治と、夏川えりの失踪に関して、同一犯人を用意するかどうかそこまでは、読めないからね」

「しかし、彼らは、戦争を引きずっているわけでしょう。その上、永久戦争をこれからも実行しようとしている。そう考えれば、全員が犯人になるよりは、一人を犠牲にして他の五人が永久戦争のために、動けるようにするんじゃありませんか。戦争中の日本軍では、全員のために一人が犠牲になるようなことがあったみたいですから」

夜、午後八時過ぎになってようやく六人の代表が十津川に向かって、自分たちの覚悟を伝えた。

「我々は、浅野真治のような、虫けらを殺したりはしていない。また、夏川えりという女性も殺したりはしていないし、彼女のことは私たちは知らないのだ。したがって、どちらの事件に対しても我々は、無罪である」

これが、代表者の主張だった。十津川はがっかりした。自分の方は大きく譲歩したつもりであった。それは七十代、八十代の、昔なら老人といわれる年代の男六人が、永久戦争という夢というか、永遠の幻のために死のうとしている。そのことに、ある程度、理解する気持ちがあったからだった。それなのに、自分たちは二つの事件に関係がないといわれれば、今から彼ら六人と戦わなければならない。

「残念です」

と、十津川はいった。

「一応解放しますが、その前に皆さんの名前と住所、電話番号、そして身分証明書を、見せてください」

六人の名前が、書かれていく。全員が七、八十代、戦争末期の昭和十九年から二十年にかけて、彼らは全員子供だった。その他、彼らに共通していることがあった。父親が日中戦争、太平洋戦争で戦死していること。そして母親も病死か、艦載機の銃撃、B29の爆撃で亡くなっていること、つまり戦争中にすでに、孤児だったことである。戦災孤児たちは十津川が予想した通り、永久戦争の戦士にするためには格好の子供たちだったのである。

孤児たちは、軍隊によって集められ、高山の訓練基地で永久戦争のための訓練を、受けていた。その中のリーダー格の孤児は、昭和二十年に沖縄に送られ、向こうで実戦を、経験している。戦闘が止《や》んだ日の夕方、彼は子供としてアメリカ兵に、近づき、アメリカ兵の歓迎を利用して彼らのキャンプに、爆弾を投げ込んでいる。そのことが、自分の輝かしい戦歴として、心の中に書き込んであった。

六人の住所は、東京が四人、名古屋が一人、神奈川が一人である。それから子供や孫がいるのなら、その名前を書いてほしいといったのだが、全員が拒否した。恐らく全員に、子供か孫がいるのだ。そのことは彼らにとって、自分たちが永久戦争を続けるにあたって最もふさわしい履歴のはずである。だが彼らはその事実を書くこと、十津川に、知らせることをプライバシーとして拒否した。そこで、彼らの子供や孫について、十津川は敢《あ》えてきくのをやめた。本人の名前と住所、電話番号が分かっていれば、いくらでも、調べる方法があると思ったからである。

雨が降り出したので、解放は、明朝になり、十津川はもう一度、彼ら六人と、話し合うことにした。夜食は、十津川が用意した。酒も用意された。ビールも、日本酒もウイスキーもである。酔って彼らが、本音をいってくれることを期待したからだ。しかし彼らはほとんど、酒を飲まなかった。こちらの考えを読み取って、用心したのかもしれない。しかし、彼らが話す言葉は、峻烈《しゅんれつ》だった。

「あなた方は戦争末期、昭和十九年から二十年にかけて、飛騨高山の奥にあるR村で永久戦争に備えて訓練を行ったわけですね？」

十津川はまず、確認した。

「訓練を受けただけではなく、私は沖縄で実戦を経験している」

リーダー格の男がいった。

「アメリカ兵を騙《だま》し、彼らの基地《ベース》に爆弾を投げ込んでやった。私の戦果は、アメリカの将校一人、兵士七人を殺したことだ」

「訓練は肉体的な訓練だけを行うんですか？　それとも精神的な訓練も受けたんですか？」

亀井がきいた。

「『本土決戦になったら、老人や女の竹槍《たけやり》よりも君たちの笑顔の方が、ずっと戦力になる。君たちは、永久戦争の一翼を担い、何年、何十年後かに、日本は勝利する。その時に、真っ先にアメリカに上陸し、大統領の首を取るのは君たちだ』そういわれたことが何よりも嬉《うれ》しかった」

と、リーダー以外の一人がいった。

「そんなことが、実現すると、思ったんですか？」

「我々が目指したのは、永久戦争ですよ？　私の代で、勝てなくてもいいんです。子供の代でも孫の代でもいいんです。アメリカ人には、そんな考えはないから、いつか疲れて、両手をあげる。従って、戦争を継続していれば、いつかは我々が勝利するんです」

「あなた方は、永久戦争といわれる。しかし、今、アメリカと日本とは、戦争をしていない。むしろ、友人だ。そんな中で、どんな形の、戦争をやるつもりなんですか？」

「私たちの受けた訓練によれば、戦場はどこにでもある。もしなければ自分が立っている場所を戦場にしてしまえばいい。ワシントンだって、ニューヨークだって、爆弾一発で、戦場になります。私たちはそういう訓練も、受けたんです。平和が長く続いたら、アメリカへ旅行に行き、ニューヨークか、ワシントンで、爆弾を一発爆発させればいい。それだけで、戦争は永久に続く。なぜなら、人間という奴《やつ》は、平和よりも、戦争の方が、好きだからだ」

「皆さんは、R村で子供にできるゲリラ戦の訓練を受けた。しかしアメリカとの戦争はもう、終わってしまっていますよ」

「いや、まだ終わってはいない」

と一人がいった。十津川はその言葉に、苦笑した。

「分かりました。皆さんは、まだ、戦争は終わっていないという。確かに、世界中のどこかで今も戦争をやっていますね。皆さんはどうして、戦争がなくならないのだと思いますか」

十津川がきき、リーダーが大きな声でいった。

「決まっている。繰り返しになるが、人間は平和よりも戦争の方が、好きだからだ」

「あなたも、そうなんですか？」

「戦争の方が、生き甲斐《がい》がある。死に甲斐もある。平和は、生き甲斐も、死に甲斐もない」

「しかし戦争は何百万人も死にますよ。皆さんだって、あのまま戦争が続いていたら、もう死んでいたに違いない。それでも戦争が好きなんですか？」

「何もなく成長し、結婚し、子供を作り、そして死ぬ。こんな生き方の、どこが、面白いんだ。退屈きわまる。一年、二年しか生きられなくても、戦場で敵と戦って、勝《か》ち鬨《どき》をあげ、その後、死ぬ。その方が、よほど華やかで、勇ましくて誇らしいじゃないか。十津川さんは、そうは、思わないのか？」

第六章

老いたる戦士への鎮魂歌

1

十津川は、自らを「大楠公《だいなんこう》」だといっていた木下勇《きのしたいさむ》というリーダーと話していて、次第に、自分の方が優位に立っていくのを感じた。

今、目の前にいる八十代の男は、戦争は続いているといい、平和よりも戦争の方が素晴らしいという、一見して、確固とした信念があるように思えるのだが、よくきくと、無理をしているのが、分かってくるのだ。それは、時代というもののせいだろう。

「もう、七十年余りも平和は続いていますよ。それでも、戦争が続いているといえるんでしょうか？」

と、十津川がきくと、

「日本の社会は、一見平和そうに見えるが、世界に目を転じてみろ。至る所で戦争が起きているじゃないか」

と、木下は大声を出した。

「しかしあなたが口にする、続いているというその戦争ですが、それはあなたが十歳の時のアメリカとの戦争でしょう。それならば、現在日本は、アメリカとは戦争はしていませんよ。少なくとも七十年はしていない。それでも、永久戦争といえるんでしょうか？」

「君は、わずか、七十年という時間のスパンで物を考えているが、我々の時間はもっと長いんだ。百年、二百年いや、三百年だって我々の戦争は続くんだよ。その間に、アメリカは経済破綻で潰れてしまうかもしれないし、日本が世界一の経済大国になるかもしれない。その時には我々がアメリカへ乗り込んで、アメリカの大統領に『負けました』と、頭を下げさせてやる」

「しかし、あなたは、それまで生きていないでしょう？」

「確かに我々は死ぬかもしれない。しかし、我々の子供は生き続ける。我々は自分たちの子供に、常に、永久戦争の心得を話してある。いつか日本が、アメリカに勝利し、アメリカのワシントンで、相手に、降伏文書にサインさせてやるのだ。そうなった時初めて我々の戦争は、終わるんだよ。それが、私の代になるか、息子、いや孫の代になるかは分からないが、そのくらいの長いスパンで物を見ているんだ」

「あなた方のそうした強い信念は、どこから出ているのですかね？」

と、亀井がきいた。

「勿論《もちろん》、国を愛する気持ちからだよ。アメリカなんかに負けてたまるものかという敵《てき》懐心《がいしん》もある。私が子供の頃には、日本人全《すべ》てが持っていたものだ」

と、木下が胸をそらせた。そこで十津川は、他の五人にも、この話に加わってもらうことにした。彼らはリーダーの木下を真ん中にし、一列に並んで十津川と亀井に向き合って、腰を下ろした。

十津川は改めて六人の顔を見回してから、

「あなた方は戦争が終わった時、だいたい十歳でした。そして、高山の奥にある基地でアメリカ兵とのゲリラ戦の訓練を受けていて、その中の一人か二人が沖縄に行ってあなた方流の方法で、アメリカ兵と戦っている。しかしあなた方の多くは、日本本土にいたまま、終戦を迎えた。それでいいわけですね？」

「その通りだ」

と、木下がいう。仲間を従えて、落ち着いた感じだった。

「それであなた方は、仲間の何人かが、沖縄に行って、アメリカ兵を騙《だま》し、何人か殺した。そのことについてどう思っているんです？」

「勿論、立派な戦士として戦ったと思っている。これからもう一度アメリカとの戦争が再発した時には、我々が銃を持って戦うし、我々が死んで、子供がまだ小さければ、沖縄の戦場と同じようにゲリラ戦を展開してくれるように、祈っている」

「そうすると、あなた方の仲間の子供たちが、沖縄で、アメリカ兵を殺すようなことは、立派だと思っているんですね？」

「勿論だ」

と、木下は、ニッコリした。

「私自身も、沖縄でバカなアメリカ兵を騙して、何人か、爆弾で殺してやった。他に、何人かの仲間も、アメリカ兵を殺している。戦争なんだよ。手柄を立てたんだよ。立派じゃないか？」

「しかし、子供たちは、自分で考えて、アメリカ兵を殺したわけじゃないでしょう？アメリカ兵を殺すために使った爆弾だって、あなた方を訓練した大人から渡されたものの筈《はず》です」

「確かに、私たち子供を訓練して、アメリカ兵を殺すことを教えた指導者がいたよ」

と、木下がいった。

「しかしあの時の私たちは、子供ながら、アメリカ兵を憎み、殺された仲間の仇《あだ》を討つ気持ちでいたからね。小さいが、戦士だったんだ」

「あなた方は、本土で訓練され、沖縄で実戦に使われて、成功したんだ」

と、十津川は木下にいった。

「そうだ。そのことを伝えたくて、指導者と一緒に、漁船で、本土に戻り、仲間に伝えたんだ。私の実戦経験を。アメリカ兵なんて、バカばかりだから、子供でも、簡単に殺せるとね」

「沖縄から逃げてきた指導者の方は、あなた方に、どんな話をしたんですか？　覚えていますか？」

「覚えてるさ。平和ボケの時代になってからのことは、何もかも、忘れてしまっているが、子供の時に、指導者たちにいわれたことは、はっきり覚えている。君たちの仲間が沖縄で立派な戦果をあげた。五人の少年戦士が三十六人のアメリカ兵を殺した。次は、本土決戦の時、君たちが戦う番だ。沖縄で実行した以上のアメリカ兵を殺してくれることを期待している。そういわれたのは、はっきりと覚えているよ」

「本土決戦があったら、あなた方は、その通りに動いたと思いますか？」

「勿論。一人で、何人のアメリカ兵を殺せるか、その人数を予想していたよ」

「その通りにいくと思ったのですか？」

「思ったよ。私自身が、沖縄で、何人ものアメリカ兵を殺しているからね」

「実は、私も、沖縄戦の実態を知りたくて、調べるために、沖縄に行ってきた」

と、十津川はいった。

これは、勿論、事実である。

「それを、今から、あなた方に証明するから、聞いてくれませんか」

と、十津川は、いった。

「沖縄戦で、日本兵もアメリカ兵も死に、それ以上に、沖縄の民間人が死んだ。その戦いも、昭和二十年六月二十三日に終結した。しかし、訓練された子供たちが、アメリカ兵を騙し、爆弾を使って、何人ものアメリカ兵を殺した。あなた方はその戦果を、自慢しているが、そのことが、その後のアメリカ軍の沖縄占領に、どう影響したかは知らないでしょう？　どうなんです？」

十津川は、木下たちの顔を見回したが、誰もが、黙っていた。

十津川は、続けた。

「アメリカ軍と、アメリカ政府は、まだ、戦争が続いていたので、日本兵と、沖縄の人たちの全てを、収容所に閉じ込めた。沖縄に飛行場を作り、そこから、日本本土に向けて、戦闘機や、爆撃機を飛ばして、まず本土上空の制空権を手に入れてから、本土上陸を実行するつもりだったからだ。しかし、その途中で、日本は、降伏してしまった。その頃は、まだ冷戦は、激しくなかったし、朝鮮戦争も起きていなかったので、アメリカ政府内では、沖縄は、日本に直《ただ》ちに返還し、アメリカ軍は、アメリカに戻すことにせよという声が大きくなったんだ。そこで、沖縄の人々は、収容所に入れられ、選挙が実施されたんだ。その時には、女性にも選挙権が与えられた。そして、当選者によって、仮の委員会ができて、アメリカ軍が撤退したあと、この委員会が、沖縄の政府を作り、日本への返還が決まることになっていたんだ。そのうえで、沖縄の人々だけで、憲法を作り、沖縄を、デモクラシー国家にすることになった。このままいけば、沖縄にアメリカ軍の基地《ベース》は生まれず、アメリカ軍もいなくなる筈《はず》だったんだ。ところが、その頃、沖縄を占領していたアメリカ軍が、これに反対した。理由は簡単だ。子供までゲリラ戦を展開し、アメリカ兵を殺すような危険な人間に、沖縄を還《かえ》すべきではない。沖縄は、このまま、アメリカ軍が占領を続けるべきだということで沖縄の人々を収容所に閉じ込めたまま、どんどんアメリカ軍の基地を広げていったんだ。その代表的な例が、普天間《ふてんま》だ。住人が、収容所に入れられているうちに、周辺の小さな集落は、ブルドーザーで潰され、飛行場に変わっていった。人々が収容所から解放された時は、自分たちの家が消え、代わりに、アメリカ軍の基地と、滑走路になってしまっていた」

「反対運動はやらなかったのかね？　今は、よく反対運動してるじゃないか？」

と、木下が、いう。

十津川は、苦笑した。

「その頃は、沖縄は、日本に復帰していないし、アメリカ軍に占領されていたんだ。反対すれば、射殺されても仕方がない状況だったんだ。何よりも、仕事がなかった。アメリカ軍の仕事しかなかったんだ。そのうえ、戦前、戦中にかけて、本土に働きに出かけていた沖縄の人たちをアメリカ軍は、軍の輸送船を使って、どんどん沖縄に連れ戻しているんだ」

「何のために？」

「沖縄を占領しているアメリカ軍は、基地、飛行場、軍港を沖縄に造るために、人員が足らなかったからだよ。そうなると、ますます、沖縄の人たちが働く場は、アメリカ軍の基地関係しかなくなってくるんだ。これが、どんなに辛《つら》い仕事か、分かりますか。自分が、今まで住んでいた集落を潰して、アメリカ軍の基地を造るんだ。基地を広げて、自分たちの住む場所を減らすために、働いているんだよ」

「アメリカ軍の沖縄占領は、そんなに苛酷《かこく》なものだったのか？」

「アメリカ軍の司令官のマッカーサーは、日本と沖縄は別だといっている。だから、本土が、食糧不足になった時は、食糧輸入を許可したり、農地解放をしたりして、ゆっくりと経済も回復に向かっていったが、アメリカ軍に占領された沖縄の人たちは、収容所に入れられたうえ、食糧の支給などに、冷淡だった。だから、飢えた子供たちは、収容所を抜け出しては、浜でカニを獲《と》ったり、アメリカ軍の基地から流れてくる、残飯を奪ったりして、辛《かろ》うじて、飢えをしのいだと、いわれている。それでも、飢えのために、沖縄の人たちの中に死者が出ている。それが、あなた方の仲間が沖縄戦が終わったあと、得意になって、アメリカ兵を殺したために、起きているんだ。なのに、自分たちは英雄だとか、永久戦争だといって、自慢できるのですか？」

「まだ、戦争だったんだ。どんな手段を使ってでも、戦うのが当たり前だろう」

と、木下が、いう。

「あなた方流にいえば、まだ、戦争は続いているんでしょう？」

「そうだ。永久戦争だからね。アメリカが降伏するまで、この戦争は、続くんだ。そのくらいの覚悟はしている」

と、木下がいった。

「それならどうして、今、アメリカ兵と戦わないんです。あなた方の仲間が戦った沖縄に行ってでだ。沖縄にはアメリカの基地がいくつもあるんだ。それを奪い返すためにアメリカ兵を騙して爆弾を投げ込んで殺すことをなぜしないんです。あなた方は木下さん以外、沖縄の子供たちと違って、訓練した成果を示そうとしていないんでしょう？　戦わないままに、七十歳、八十歳を過ぎてしまって今になっている。このまま行けばあなた方は、平和の内に何の苦労もせずに、死んでいくことになる。それでも、沖縄で本当に戦った子供たちに、申し訳ないとは思わないのか。もう一つ、今いったように子供たちを使ったゲリラ戦のお陰で、沖縄の人たちは危険と思われて、戦争中からアメリカ軍の造った収容所に収容されてしまった。そして何人もの餓死者が、出ているんだ。その人たちに申し訳ないと思わないのかね。アメリカ兵を一度も殺さずに、このまま老衰で死んでいくんじゃ、あまりにも情けないじゃないか。これからどうするのか覚悟を聞きたいね」

　十津川は、咎《とが》めるように六人の顔を見回した。

「我々を卑怯者《ひきょうもの》だというのか？」

「永久戦争といいながら、木下さん以外、あなた方は今まで七十年以上、何もしなかったんだろう？　一人でもアメリカ兵を殺したことがあるのか。ないなら卑怯者といわれても仕方ないじゃないか」

　と、十津川はわざと挑発するようにいって、六人を睨《にら》んだ。

「何をいうか！」

「我々の真意も知らずに、平和ボケしたお前たちに、何が分かるんだ！」

六人が一斉に喚《わめ》き出した。

「分かったよ」

と、十津川がいった。

「あなた方が戦う戦士であることは一応分かったといっておこう。ただ、具体的に何かやってくれないのでは、戦士と呼ぶことはできないね」

「それなら明日、我々は、沖縄に行ってくる」

と、木下がいった。

「それならあなた方の気持ちを遺書にして遺していってくれ。全て、正直に書いてくれたら、私もあなた方を尊敬する」

と、十津川は、挑発するように、いった。

木下たちは、じっと、十津川を睨んでいたが、彼が代表する感じで、

「分かったよ。遺書は書いてやる。おれたちが、次の世代に託す遺書だ。そして、沖縄に行ってやる」

「立派だ」

と、十津川は、わざと褒めて、

「遺書には、戦中から戦後にかけてやったことは、全て書いてほしいね。何もせず、

平和を楽しんでいたのなら、私たちと全く変わらないからね。あなた方らしいどんなことをやったのか、しっかり書いてくれ。嘘《うそ》で固めた遺書だったら、すぐ、破りすてて、燃やすからな」

「大丈夫だよ。十津川さん。あなたを驚かせるような遺書を書いてやる。驚くなよ」

と、木下は、こわばった顔で、いった。

十津川は、六人を一応解放した。彼らは高山から自分の家には帰らず、そのまま、羽田空港近くのホテルに一泊し、翌日那覇行きの飛行機で沖縄に向かった。その時、ホテルのフロントには一通の封書を残していったが、その「遺書」には、『警視庁捜査一課　十津川警部殿』と書かれていた。ホテルからの電話を受けてすぐ、十津川は亀井と羽田空港近くのホテルに急行した。

フロントが預かっていた封書は、かなり分厚い物だった。十津川は中身の便箋《びんせん》に書かれた文字を読んでいった。

「警視庁捜査一課　十津川警部殿

我々を時代遅れと罵《ののし》ったり、卑怯者と侮辱的な言葉をかけたことは、絶対に許されない。と、いっても、お前のような小役人を殺したところで歴史が動くわけでもない。従って、我々がこれから沖縄に行って成し遂げる成果を見て、驚くがいい。

戦争は永久に続く。これは、真理である。これからそれを証明する為に、我々は沖縄へ行く。沖縄の米軍基地で、突然、何人ものアメリカ兵が死んだと聞いたら、我々の行為だと思ってほしい。それによって、日本国民も平和ボケを反省することになるだろう。我々がやることは、あくまでも太平洋戦争中に亡くなった兵士たちへの鎮魂である。

次に、約束したので、我々が今までやってきたことを、ここに書いておく。それを読めば、小役人の十津川警部も、少しは、ほっとするであろう。

あの高山の奥のR村の訓練場は、我々の聖地である。その聖地まで入り込んできて、我々のことを知って冷笑したり、時には、我々と話し合うといっては、戦争はもう終わったのに何をバカなことをいっているのかと、侮蔑《ぶべつ》の言葉を吐く者がいた。

特に、それが激しく、我慢のできない場合は、殺した。それが、多分、君たちが行方を探している夏川えりだろう。もう一人、浅野真治という男がいる。我々のことを、本に書くというので、この男を呼びつけて、どう書くのかをきいてみた。知識不足なら、我々が、真面目《まじめ》に教えてやろうと思ったのだが、話してみて、驚いてしまった。

真治の父親・真太郎は我々の仲間だった。その父親の話を聞いておきながら、我々についても、永久戦争についても、正しい知識は全《まった》くなく、批判的に書くというのだ。我々は、そんな本は出すなと、忠告した。今でも永久戦争を信じている我々の仲間の怒りを買うからといったのだが、その注意は無視された。我々は、心配していたのだが、彼は、殺されてしまった。犯人は分からないが、我々の怒りを買ったのだと、いっておこう。死んだ夏川えりの遺体は、あの訓練場の地下に埋め、舗装し直してある。証拠を見たければ、訓練場を掘ってみるがいい。

これで、君との約束は果たした。

それにしても、終戦直後の日本人のだらしなさは、いったい何なのか。昨日まで、鬼畜米英とか、撃ちてしやまんと叫んでいたのが、ニコニコして、アメリカ兵を迎えている。あれは異常だ。この民族は、いったい何なのか。

我々は、あの日も、次の日も、アメリカ軍への敵愾心を燃やしていたのだ。それが普通ではないのか。

サムライの子孫が、どうしたのか。私は情けなくて、仕方がなかった。例えば、広島の原爆死没者慰霊碑には『過《あやま》ちは繰返しませぬから』と書いてあるが、原子爆弾が落ちて、傷ついた人たちが、最初に口にした言葉は『仇《かたき》を討ってください』だったのだ。そうでなければ日本人ではないのだ。我々は、玉音放送を聞きながら、永久戦争を誓っていた。『ギブ・ミー・チョコレート』などではない。あの時から、世界中が、日本人を甘く見るようになってしまった。脅かせば、いうことを聞くと思われてしまったのだ。アメリカも、ロシアも、中国も、韓国も、北朝鮮も、日本をバカにしているのが、分からないのか。

我々は、違う。我々は、今も、太平洋戦争は続いていると見ている。我々を訓練した指導者たちは、日本を占領したマッカーサーを脅して、占領軍のように威張っていたら、必ず殺すという手紙を、フィリピンのマニラにいるマッカーサーに、送りつけたのだ。なぜ、マッカーサーに、そんな手紙を送りつけることができたのかといえば、指導者たちは、日本軍が進駐したところには、現地人のスパイを作っていたからだ。驚いたマッカーサーはあわてて、日本占領について、日本側の連絡に当たっていた日本の将校たちを、マニラに呼びつけた。その時、連絡用に使われたのが、日本海軍の一式陸攻という双発の爆撃機で、機体を白く塗り、そこに、緑十字のマークを描いた。これは、マッカーサーの指示で、それ以外の日本機は全て撃墜するという。日本側の連絡将校は、マッカーサーが怒っていると聞いて、あわてて、マニラに飛んでいった。そこでマッカーサーは、八月二十八日に、厚木に進駐するが、その時の安全を保障せよと要求したといわれる。それができなければ、戦争を継続するといわれた将校団は、驚いて厚木に戻り、周辺の陸軍、海軍を説得した。そのうえで、まず、マッカーサーのスタッフが、厚木飛行場にやってきて、安全が確認されてから、マッカーサーが初めて、乗り込んできたのだ。我々は、マッカーサー万歳を叫んだ日本人より、脅した我々の指導者を尊敬する。彼らは、その後も、占領軍が、勝手に行動をした時は、マッカーサーの暗殺計画を立てているのだ。そんな指導者を、我々は尊敬するし、彼らが教えてくれた永久戦争論を守り続けることを誓ったのだ。

何度でも書いておくが、戦後の日本人は、物理的には豊かだが、サムライの心を忘れ、戦いから逃げるだけの民族になり下がってしまっている。

我々は、そんな日本人を覚醒させるために、これから、沖縄に行くのである」

「遺書」を読んだ十津川は、すぐ岐阜県警に電話して、問題の訓練場跡をショベルカーを使って掘り返してもらうことにした。県警の中には、連中が、嘘《うそ》をついているのではないかと疑う者もあったが、十津川は、必ず掘り返せば遺体が見つかると信じていた。それは、彼らが封筒に『遺書』と書いていたからである。何しろ連中は、死を覚悟して湊川《みなとがわ》の戦場に出向いていった、楠木正成《くすのきまさしげ》（大楠公《だいなんこう》）の精神の信奉者なのだ。

遺書として書いた以上、嘘はつかないであろうと判断したのである。

翌日から、問題の訓練場跡に、何台ものショベルカーが入って、訓練場の掘り起しが始まった。十津川は、その現場を見に行った。亀井も、十津川に同行したが、やはり沖縄の方が、心配だとみえて、

「大丈夫でしょうか？」

ときいた。

「六人のことか？」

「そうです。とにかく、息巻いて沖縄に行きましたからね。そのうえ、我々に対する手紙には『遺書』と書いてありましたから、何か向こうでやるんではないかと心配で、仕方がないんです。何しろ沖縄はアメリカの基地だらけですから」

と、亀井がいった。

「その点は大丈夫だよ」

「どうして大丈夫なんですか？」

「連中は全員、八十歳前後だ。それに、自分では気づかずにいるかもしれないが、戦後七十一年、平和のうちに暮らしているから、子供の時に、訓練を受けた動きとか、精神は、もう残っていないさ。向こうで何をやるか分からないが、失敗するに決まっ

ている」

と、十津川は、自信を持っていった。

三日目になって、ようやく、若い女性の遺体を発見した。

「まだ埋まっているかもしれません。続けて遺体捜しを、お願いします」

と、十津川は県警の刑事たちにいった。

2

六人の男たちが、沖縄の那覇空港に降り立った時は、普天間基地の近くの広場で、県民の決起集会が行われていた。新しくアメリカ本国から配属されてきた若い海兵隊員が、酔って車を乗り回し、通行中の若い少女を轢《ひ》き殺したという事件に対する、怒りの抗議集会だった。集まった人々の数は、約三万人。壇上でアメリカ軍への憤りを叫ぶ度に、「ドオッ」と三万人が作る怒声が周囲を圧倒した。そこに、問題の六人が登場したのである。

六人は、真っ直《ます》ぐ主催者の席まで歩いていった。

「この抗議集会の主催者に話がある」

と、リーダーの木下がいった。

五十代の主催者が六人に向かって、

「私が主催者ですが、あなた方は外から応援に来られた方ですか？」

「そうです。本土から来ました。ところで、この決起集会の目的は、何ですか？」

と、木下がきいた。

「殺された女性について、アメリカ軍の司令部に抗議し、我々を見捨てようとする日本政府に対して反省を促すのが、今回の決起集会の目的です」

「つまり、アメリカ兵に対して復讐《ふくしゅう》を誓う集会だということですね。我々は大いにその主旨に賛成します」

と、木下がいった。主催者はちょっと困ったような顔になって、

「外から、応援に来られた方も、我々の指示に従っていただきたいのですが」

といっても、木下の方は、勝手に肯《うなず》いて、

「分かっています、分かっています。皆さんの怒りはよく分かっています。我々としては皆さんの代わりになって、今回の殺人事件に対して復讐することを提案し、実行することを皆さんにお約束しますよ。安心してください。我々は、やるといったら、やるんです。そのように子供の時から教育されてきましたから」

と、いった。主催者の方は、ますます困惑した表情になって、

「何を考えておられるのか分からないが、復讐するという言葉は、あまり宜《よろ》しくない。確かに我々の心は、怒りでいっぱいですが、暴力に訴えようとは思っていません」

「それも分かっています。皆さんが、動きが取れないことも分かっています。従って、復讐の方は我々に任せてください」

と、木下は大声でいい、決起集会の場所から、姿を消した。集会の主催者とその場にいた三人のスタッフは、困惑した表情で六人を見送り、それから、木下が、置いていった名刺に目をやった。

「何ですかね、この『永久戦争の戦士　木下勇』は。何か少しばかり異様な感じでしたが」

と、スタッフの一人がいった。スタッフの別の一人が、

「この『永久戦争』というのは何ですかね。どこかで、きいたことがあるんだが――？」

「妙なことをしなければ良いんですが。全員七十代、あるいは八十代の老人でしたから、たいしたことはできないでしょうけれど」

と、三人目がいった。

「しかし、一応皆に伝えておきましょう。連中が妙な騒ぎを起こして、せっかくの抗議集会が、無駄になってしまうと困りますから」

と、主催者がいった。

木下たちは、米軍の極東最大級の嘉手納《かでな》基地の近くの繁華街コザにあるホテルを取ると、六人ひとかたまりになって、米軍基地を覗《のぞ》いたり、アメリカ軍の訓練を、じっと見ていたりしたが、翌日、レンタカーを二台借りた。そして三人ずつその車に乗って、一号道路をレースでもするように、走らせたりしていた。老人たちのせいで、二台のレンタカーが、ぶつかりそうになったり、車体を、こすったりしていた。

そのことを知って、集会の主催者とスタッフは、心配した。そこで、六人を監視することにした。

抗議集会は、犯人のアメリカ兵のいる普天間基地を、手を繋《つな》いで取り巻いたりしている。

その結果、日本駐在のアメリカ大使が謝罪し、米軍の司令官が謝罪文を発表し、今回の事件に限ってだが、犯人のアメリカ兵を日本側に引き渡すと発表した。

その後、アメリカ軍兵士の外出禁止令が解除された。

基地周辺の歓楽街に、再び、アメリカ兵たちの姿が見られるようになった。

その三日後に事件が起きた。いや、起きかけた。

コザの基地近くのバーで飲み、酔った若いアメリカ兵が、ふらつきながら、歩いていると、突然、二台のレンタカーが現れて、前後を、はさまれてしまった。

その二台で、酔ったアメリカ兵を、小突き回そうとするのだが、ハンドル操作がうまくいかず、なかなか、車体で小突くことができない。

遠くから見ていると、逆に、酔ったアメリカ兵に、二台のレンタカーが、からかわれているように見えた。

一台のレンタカーを運転していた木下は、うまくいかないことに、腹を立てていた。

「面倒くさい。ぶつけてやれ！」

と叫んで、アクセルを踏み込んだ瞬間、走り込んできたトラックが、アメリカ兵と、こちらのレンタカーの間に、割り込んだ。

鈍い衝突音を残して、木下の運転するレンタカーは、トラックにぶつかって、横転した。

そのあと、もう一台のレンタカーが、アメリカ兵を、追い回した。

そこへ、二台のパトカーが駆けつけ、救急車もサイレンを鳴らして急行し、横転したレンタカーの中から木下たち三人の老人を助け出して、病院に運んでいった。

横転したレンタカーの三人は、病院で手当てを受けた。

もう一台のレンタカーに乗っていた三人は、沖縄県警本部に、パトカーで連行された。病院で手当てを受けた三人も、軽傷だったので、県警本部に移された。

そこで、尋問に当たったのは、県警捜査一課の中曽根《なかそね》という三十代の警部だった。

彼は、戦後生まれだから、沖縄戦のことは老人の話や、写真でしか知らなかった。

彼の感じでは、今の沖縄は、アメリカの占領下にあるとしか思えなかった。

しかし、酔ったアメリカ兵を、レンタカーで轢《ひ》き殺そうとした六人の行動にも、腹を立てていた。

そんなことをすれば、今回の少女轢殺《れきさつ》事件について、アメリカに、弁明のチャンスを与えてしまいかねなかったからである。

それなのに、六人の中のリーダー格の木下という男は、やたらに興奮して、中曽根に食ってかかってきた。

「なぜ、我々の邪魔をするのか。我々は今回の事件を見て、アメリカとの戦争が、まだ続いていることが、分かり、アメリカ兵を攻撃するために、本土からやってきたのだ。なぜ、日本の警察が、その邪魔をするのかね？」

と、いうのだ。

中曽根は、木下の名刺に目をやって、

「これを見ると、『永久戦争の戦士』とありますが、これは、どういう意味ですか？」

と、きいた。

「君は、沖縄の人間だろう？」

「そうです」

「それなのに、永久戦争を知らんのか？」

「説明してください」

「沖縄戦の時、我々は、十歳前後だったが、この戦争に参加したのだ。子供の笑顔で、アメリカ兵を騙《だま》し、安心させておいて、アメリカ兵の基地《ベース》に爆弾を投げ込んでアメリカ兵を殺した。その子が、大人になったら、今度は銃を持って戦う。その子がまた爆弾を投げ込む。つまり永久戦争だよ」

「それは、言葉の上では成り立つかもしれませんが、永久に続く戦争なんかありませんよ。第一、あなたが子供の時の日本の敵は、アメリカだったが、今は、アメリカと同盟を結んでいるんですよ。アメリカ兵の一人が、酔っ払い運転で沖縄の少女を死なせてしまうという不幸な事件が起きましたが、それを戦争といわれては困りますよ。いたずらに、問題を大きくしてしまいますから」

と、中曽根は、説得したのだが、木下の興奮は、いっこうに、冷めずに、

「そんな考えだから困るんだ。ますますアメリカに沖縄はバカにされるんだ。やられたら必ずやり返す。そういう精神にならないと、この永久戦争は勝ち抜けませんよ」

と、木下は、相変わらず大声を出す。

「だから、我々は戦うのだ。沖縄戦の末期、日本軍は玉砕した。その時、私は十歳の子供だったが誓ったんだ。『アメリカ軍とは永久に戦う。そして勝つ。いや、勝つまで戦い続ける』そう、誓ったんだ。だから今日も戦った」

「いいですか、確かに、沖縄でアメリカ軍と日本軍は戦いました。しかしその戦争はもう、終わったんです。現在、アメリカは日本の友人なんですよ」

「それならどうして、アメリカ兵が、沖縄の少女を殺し、沖縄の人々があああして抗議集会を開いているのかね。沖縄は現在アメリカの占領下にある。だから、沖縄の人達が仇を討つのは大変だろう。本土から来た我々が、アメリカ兵を襲い、殺してやろうと思ったのだ。一人の少女が殺された代わりに、一人のアメリカ兵を殺す。これで対等の関係になるんじゃないのかね」

木下は、今も、アメリカとの間で永久戦争を戦っていると繰り返してやまなかった。

沖縄県警としては、当惑するばかりだったが、東京から警視庁捜査一課の刑事四人が、
木下たちを引き取りに来るという知らせが入った。空路で到着した十津川たち四人は、
県警で中曽根警部と会って、コザで起きた事件について説明を受けた。

「我々としては、殺人未遂で逮捕したわけですが、本人は永久戦争を戦っているんだといって、きかないんですよ。私は戦後生まれなので沖縄戦の経験はありませんが、それでも何か六人を見ていると、戦争の後遺症のようなものが残っているとしか、考えられません。あるいは、考え方によっては連中が一番の被害者なのかもしれませんね」

と、中曽根がいった。十津川たちが六人に会うと、木下は、

「どうだ。我々は立派に戦った。もう少しでアメリカ兵一人を殺すという手柄を立てられたのに、残念だ」

と、胸を張った。十津川は木下が何をいおうと構わず、

「これから君たちを本土に連れて帰る。容疑は二件の殺人と、今度の殺人未遂一件。本土に着いたら、弁護士を考えておいた方が良いぞ」

「我々を殺人と、殺人未遂の犯人として逮捕するのか。戦士としては扱わんのか？」

「それは、裁判が決めてくれる。とにかく君たちがアメリカ兵を殺さなくて良かった。自分たちは、永久戦争だと思っているのかもしれないが、君たちが、アメリカ兵を殺していたら、国際問題になるところだったぞ」

と、十津川はいってから、急に声をやわらげて、

「実は、沖縄県警の中曽根警部が、君たちに見せたい映像があるそうだ。沖縄を去るに当たって、見るといい」

「どんな映像だ？」

「今回のコザの事件で、現場につけてあった監視カメラが写したものだ」

と、十津川がいい、中曽根警部が、持ってきたビデオカメラで、六人の前で、映像を見せた。

酔っ払った若いアメリカ兵が、ふらふらしながら、歩いている。

そこへ、突然二台のレンタカーが現れ、アメリカ兵を、はさみ込もうとする。が、なかなか、うまくいかないのだ。

酔ったアメリカ兵の方は、相変わらず、ふらついている。

それなのに、はさめないどころか、レンタカー同士が、ぶつかってしまいそうになる。逆に、アメリカ兵の方が、二台のレンタカーを、からかっているように見えてく

る。

突然、その画面に、二人の男の声が入ってきた。

どうやら、沖縄県警の二人の刑事のようだ。

「何だい？　こりゃあ」

「どっちが、相手をからかってるんだ？」

「どう見ても、酔っ払ったアメリカ兵の方だよ」

「ほら。二台のレンタカーが、ぶつかりそうになっている」

「まるで、ヨボヨボの老人だな」

「仕方がないさ。レンタカーに乗っているのは爺《じい》さんばかりだからな。反射神経が駄目になってるんだ」

「おいおい。このままじゃ、レンタカー同士がぶつかってしまうぞ」

「じゃあ、爺さんたちを助けるために、トラックを出そうじゃないか」

「もういい！」

と、木下が叫んだ。

「どういいんだ？」

と、中曽根警部がきいた。

「もういいと、いっているんだ。もう、誰も、こんなものは、見たくないんだ」

「しかし、君たちが写っている映像だぞ」

「だから、止めてくれと、いってるんだ」

木下の声が、急に、低くなる。他の五人は顔を伏せてしまった。どの顔も、急に老けてしまったように見えた。

（どうやら、六人とも、自分たちが、何もできない老人だということに、気がついたらしい）

と、十津川は、思った。

（その瞬間、永久戦争も、その戦士だという誇りも、吹き飛んでしまったんだろう）

十津川は、小声で、中曽根にいった。

「みんな普通の老人になりましたね。これでほっとしましたよ」

（おわり）

本作品はフィクションであり、実在の個人・団体・事件とは一切関係ありません。（編集部）

解説

山前　譲

東京都を管轄する警視庁の警部でありながら、十津川警部の捜査行は全国に展開している。岐阜駅から（特急「ワイドビューひだ」のような優等列車は名古屋駅から）北上して富山駅に至る高山本線の沿線も、一九九七年刊の『高山本線殺人事件』を初めとして、『十津川警部　愛と憎しみの高山本線』、『十津川警部　高山本線の昼と夜』、『私が愛した高山本線』といった長編のほか、多くの作品で舞台となってきた。

「本の窓」に連載（二〇一五・十一～二〇一六・十二）されたのち、二〇一七年四月に小学館より刊行されたこの『十津川警部　高山本線の秘密』は、そのタイトルにあるように、十津川警部とその部下たちが何度となく高山本線を利用し、そして高山本線沿線のメインの観光地である高山市を訪れている。だが、ミステリーとして興味をそそっていくのは、その高山からさらに足を延ばした集落、今では誰も住んでいないR村なのだ。

カメラマンの夏川えりの実家は高山の旧家だった。えりは夏川家の歴史を調べてみようと高山へ、そしてR村へと向かう。太平洋戦争末期、従軍看護婦として満州に渡っていた祖母の夏川勝子が、一時帰国してその村に出かけ、行方不明となっていたからである。趣味のチョウを採集するためだったというのだが……。

一方、東京の三鷹で独り暮らしの老人、浅野真治の死体が発見される。その捜査を担当したのが十津川警部たちだ。誰が何のために殺したのか。まったく不可解な事件だったが、被害者の父親である浅野真太郎が言っていた「永久戦争」に導かれ、十津川は太平洋戦争にまつわる驚くべき出来事に巻き込まれていく。

一九四一（昭和十六）年十二月八日の真珠湾攻撃によって、日本はアメリカとの全面戦争に進んでいく。最初こそ勝機はあったが、やがて劣勢に陥ってしまう。ついにはカミカゼと称される悲惨な戦術も行われるが、戦況を打開するには至らない。敵軍は日本本土に着々と迫ってくるのだった。

そうした歴史に西村京太郎氏がとりわけ視線を注ぐようになったのは、一九四五年八月十五日の終戦から半世紀ほど経《た》った頃だった。

二〇一四年に、『十津川警部　七十年後の殺人』、『沖縄から愛をこめて』、『郷里松島への長き旅路』、『北陸新幹線ダブルの日』、そして二〇一五年には『十津川警部八月十四日夜の殺人』、『暗号名は「金沢」　十津川警部「幻の歴史」に挑む』、『東京と金沢の間』、『十津川警部　特急「しまかぜ」で行く十五歳の伊勢神宮』、『浜名湖愛と歴史』、『内房線の猫たち　異説里見八犬伝』、『房総の列車が停まった日』、『一九四四年の大震災　東海道本線、生死の境』など、太平洋戦争末期のさまざまなエピソードをテーマに、ヴァラエティ豊かなミステリーが次々と刊行されている。虚実ない交ぜになった物語のなかで、あの時代の実相を捉えていた。

西村氏は一九四五年の春、合格率が百倍を超えていたという陸軍幼年学校に入学している。いつか召集されるのならば早く軍隊に、それも将校になったほうがいいと考えたからだった。ところが、八月十五日の終戦で、軍隊でのエリートへの道は絶たれてしまう。

終戦後の混乱からミステリー作家になるまでの道程を詳しく語る余裕はないけれど、十代での戦争体験は簡単には忘れられるものではなかった。集英社新書の『十五歳の戦争　陸軍幼年学校「最後の生徒」』にその葛藤が語られている。

そしてこの『十津川警部　高山本線の秘密』では、「永久戦争」をキーワードに戦争末期の、そして戦後の理不尽な思想に迫っている。一九四五年六月、沖縄が連合国軍の支配下となった時、「永久戦争」の名のもとに、年少者による独特の戦い方が展開されたというのだ。それは本土決戦においても、そして日本が敗戦したあとも続けられていた。そのベースとなったのが高山のR村……。

沖縄戦での秘密裏の作戦については『沖縄から愛をこめて』でもテーマになっていたが、一九四五年八月十五日の玉音放送によって戦争の終結が告げられたからといって、日本軍の戦闘状態が即座に断ち切られたわけではないのだ。戦中に規範とされた『戦陣訓』には、「生死を超越し一意任務の完遂に邁進《まいしん》すべし。身心一切の力を尽くし、従容《しょうよう》として悠久の大義に生くることを悦《よろこ》びとすべし」とある。終戦後もそれに忠実だった軍人がいた。おって命令があるからと偽名で国内で暮らしたり、フィリピンの山中で数十年も作戦を継続した軍人がいたのも事実である。

この『十津川警部　高山本線の秘密』も太平洋戦争がもたらした数奇な物語と言えるだろう。高山本線が誘《いざな》う十津川警部の、まさにミステリアスな捜査に引き込まれていくに違いない。

（やままえ・ゆずる／推理小説研究家）

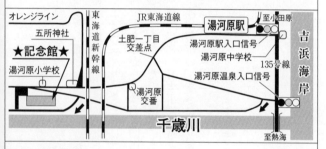

本書のプロフィール

本書は、「本の窓」(小学館刊)二〇一五年十一月号から二〇一六年十二月号に連載し、二〇一七年四月に単行本として小学館から刊行された同名作品を加筆改稿して、文庫化したものです。

小学館文庫

十津川警部《とつがわけいぶ》
高山本線《たかやまほんせん》の秘密《ひみつ》

著者　西村京太郎《にしむらきょうたろう》

二〇二〇年五月十三日　初版第一刷発行

発行人　飯田昌宏
発行所　株式会社 小学館
〒一〇一-八〇〇一
東京都千代田区一ツ橋二-三-一
電話　編集〇三-三二三〇-五八一〇
　　　販売〇三-五二八一-三五五五
印刷所――――――図書印刷株式会社

ISBN978-4-09-406769-9